벨킨 이야기

클래식 라이브러리 021

Повести покойного Ивана Петровича Белкина
By А. С. Пушкин

일러두기
1 이 책은 (Том шестой. Художественная проза, Volume 6. Fiction, 1949)을 옮긴 것이다.
2 인명, 지명 등 외국어의 우리말 표기는 국립국어원 외래어표기법에 따르되, 일부 예외를 두었다
3 주석은 모두 옮긴이의 것이다.

벨킨 이야기

클래식 라이브러리　021　　　　알렉산드르 푸시킨
Повести покойного Ивана　　류순옥 옮김
Петровича Белкина

arte

차례

발행인으로부터　　　7

마지막 한 발　　　13

눈보라　　　34

장의사　　　54

역참지기　　　65

귀족 아가씨 – 시골 아가씨　　　84

해설　　　114

작가 연보　　　132

고(故) 이반 페트로비치 벨킨의 이야기

> 프로스타코바 부인
> 그럼요, 신부님. 이 아이는 어려서부터 이야기 듣는 걸
> 아주 좋아했답니다.
> 스코티닌
> 미트로판은 나를 닮았거든요.
> ―「미성년」[1]

발행인으로부터

이번에 독자 여러분께 선보이는 『I. P. 벨킨의 이야기들』을 출간하면서, 우리는 고인이 된 작가의 간략한 전기를 함께 수록하여 러시아 문학을 사랑하는 이들의 정당한 호기심을 조금이나마 충족시키고자 하였습니다. 이를 위해 우리는 이반 페트로비치 벨킨의 가장 가까운 친척이자 상속인인 마리야 알렉세예브나 트라필리나에게 문의하였으나, 유감스럽게도 그녀는 고인을 전혀 알지 못했기에 고인에 관한 그 어떤 정보도 제공할 수 없다는 답신을 받았습니다. 그녀는 이에 관해 이반 페트로비치의 친구였던 한 존경받는 신사에게 문의해 볼 것을 권하였습니다. 우리는 그녀의 조언에 따라 편지를 보냈으며 다음과 같은 만족할 만한 답신을 받았습니다.

---

[1] 폰 비진(1745~1792)의 희곡 「미성년」에서 인용한 것.

우리는 이 편지를 고결한 사상과 진심 어린 우정의 귀중한 기념비이자, 동시에 매우 충분한 전기적 자료이기에, 어떠한 수정이나 주석 없이 원문 그대로 게재합니다.

친애하는 ○○○님께!

저는 본월 15일자로 보내신 귀하의 지극히 정중한 서신을 동월 23일에 영광스럽게 수령하였습니다. 그 서신에서 귀하는, 저의 진실한 친구이자 인근 영지의 이웃이었던 고 이반 페트로비치 벨킨의 출생과 사망 시기, 공직 경력, 가정사, 생전의 행적 및 인품에 관한 상세한 정보를 요청하셨습니다.

저는 큰 기쁨으로 귀하의 요청을 충족시키고자 하며, 고인과의 대화 및 저의 개인적인 관찰을 통해 기억할 수 있는 모든 바를 아래와 같이 전해드리고자 합니다.

이반 페트로비치 벨킨은 1798년, 고류히노 마을에서 성실하고 고결한 부모 슬하에 태어났습니다. 그의 아버지 대위 표트르 이바노비치 벨킨은 트라필린 가문의 펠라게야 가브릴로브나 여사와 혼인하였습니다. 그는 부유하지는 않았으나 검소하고, 영지 관리에 있어 매우 총명한 사람이었습니다. 그들의 아들 이반은 마을 교회 서기에게 기초 교육을 받았으며, 바로 이 훌륭한 스승 덕분에 일찍이 독서와 러시아 문학에 대한 열정을 품게 되었던 듯합니다. 1815년, 그는 어느 보병 연대(연대 번호는 기억나지 않습니다)에 입대하여 1823년까지 복무했습니다. 부모가 거의 동시에 세상을 떠나자, 그는 전역을 신청하고, 자신의 세습 영지가 있는 고류히노 마을로 돌아왔습니다.

이반 페트로비치 벨킨은 영지 관리에 착수했으나, 경험 부족과 유약한 성격 탓에 얼마 지나지 않아 운영을 방만하게 하고, 고인이 된 아버지가 세워 놓았던 엄격한 질서마저 허물고 말았습니다. 그는 성실하고 민첩했던 촌장을 농민들이(그들은 습관적으로 그렇게들 하지요) 불만을 품는다는 이유로 해임하고는, 이야기 솜씨로 그의 신임을 얻은 늙은 가정부에게 마을 관리를 맡겼습니다. 이 어리석은 노파는 25루블 지폐와 50루블짜리 지폐조차 구분할 줄 몰랐습니다. 그녀는 마을 농부들 모두의 대모였기 때문에 아무도 그녀를 두려워하지 않았습니다. 농민들이 스스로 선출한 새로운 촌장은 그들과 한통속이 되어 부정을 일삼고 잘못을 슬쩍 눈감아 주었고, 결국 이반 페트로비치는 부역제를 폐지하고 매우 낮은 수준의 소작료를 책정할 수밖에 없었습니다. 그러나 농민들은 여기에 그치지 않고, 그의 나약함을 틈타 첫해에는 특별 감면을 얻어내더니, 그 이후로는 세금의 3분의 2 이상을 호두나 월귤 따위로 납부했으며, 그마저도 체납하는 일이 잦았습니다.

이반 페트로비치의 작고한 부친과 잘 아는 사이였던 저는, 그분의 아들에게도 조언을 건네는 것을 제 의무로 여기고, 그가 미숙하여 무너뜨린 이전 질서를 되돌려 놓고자 여러 차례 자청하고 나섰습니다. 이를 위해 어느 날 그를 찾아가 회계장부를 요구하고, 교활한 촌장을 불러 이반 페트로비치가 배석한 자리에서 장부를 검토하기 시작했습니다. 젊은 주인은 처음에는 대단히 주의 깊고 성실한 태도로 제 말을 따라주었습니다. 하지만 장부상 최근 2년 사이에 농민 수는 늘었는데 가금과 가축의 수가 뚜렷하게 줄어들었다는 사실이 드러나자, 그는 이 첫 번째 정보만으로 충분하다는 듯 더는 제 말을 들으려 하지 않았습니다. 제가 치밀한 조사와 날카로운 추궁으로 교활한 촌장을 궁지에 몰아넣고 마침내 말문을 닫게 만든 바로 그 순간, 저는 지극히 유감스럽게도 이반 페트로비치가 의자에 앉은 채 깊이 잠들어 코를 고는 소리를 듣고 말았습니다. 그날 이후 저는 그의 영지 경영에 관여하기를 완전히 단념했고, 그의 일은(그 자신이 그러했듯) 전능하신 하느님의 뜻에 맡겨 버렸습니다.

그러나 이런 일로 인해 우리의 우정이 흔들리는 일은 결코 없었습니다. 저는 그의 나약함과, 젊은 지주들에게서 흔히 볼 수 있는 해로운 무관심을 안타깝게 여기면서도 이반 페트로비치를 진심으로 아꼈습니다. 그렇게 온유하고 성실한 젊은이를 어찌 사랑하지 않을 수 있었겠습니까. 이반 페트로비치 역시 제 연륜을 존중하며 저에게 깊은 애정을 품고 있었습니다. 그는 세상을 떠나기 전까지 거의 매일 저를 찾아왔고, 비록 습관도, 사고방식도, 성격도 대부분 달랐지만, 저와의 소박한 대화를 소중히 여겼습니다.

이반 페트로비치는 절제된 삶을 살았고, 모든 종류의 과도함을 멀리했습니다. 나는 그가 술에 취해 들떠 있는 모습을 단 한 번도 본 적이 없습니다.(이는 우리 고장에서 전례 없는 기적으로 여겨질 법한 일이었지요) 그는 여성에 대해 큰 호감을 가지고 있었지만, 그 수줍음은 참으로 처녀 같은 것이었습니다.[2]

이반 페트로비치는, 귀하께서 편지에서 언급하신 이야기들 외

---

2   여기서 하나의 일화가 이어지지만, 우리는 그것이 불필요하다고 판단하여 싣지 않는다. 다만 독자에게 확언하건대, 그 일화에는 이반 페트로비치 벨킨의 명예를 훼손할 만한 어떠한 내용도 담겨 있지 않다.
  ─ 저자 주(A. S. 푸시킨)

에도 많은 원고를 남겼습니다. 그 가운데 일부는 제가 보관하고 있고, 또 일부는 그의 가정부가 여러 가지 집안일을 하는 데 모조리 써버렸습니다. 지난겨울, 그녀의 별채 창문은 그가 끝내지 못한 소설의 첫 부분 원고로 온통 도배되어 있었지요. 앞서 언급한 이야기들은 아마도 그의 첫 창작 시도였던 것으로 보입니다. 이반 페트로비치의 말에 따르면, 그 이야기들은 대부분 실제 있었던 일이며 여러 사람에게서 들은 것이라고 합니다.[3] 그러나 등장인물의 이름은 거의 모두 벨킨 본인이 직접 지어낸 것이고, 마을과 촌락의 이름은 우리 고장의 지명을 따온 것이라 저의 마을 이름도 어딘가에 언급되어 있습니다. 이는 어떤 악의에서 비롯된 것이 아니라, 전적으로 상상력의 부족 때문이었습니다.

이반 페트로비치는 1828년 가을, 감기성 열병을 앓았고, 병세가 고열로 악화되어, 우리 군(郡) 의사의 지극한 노력에도 불구하고 세상을 떠났습니다. 이 의사는 특히 굳은살이나 티눈 같은 만성 질환 치료에 능한 인물이었습니다. 그는 서른 살 되던 해, 제 품에서 숨을 거두었고, 고류히노 마을 교회의 부모님 곁에 안장되었습니다.

그는 키는 중간 정도였고, 회색 눈에 연한 갈색 머리카락을 지

---

3 실제로 벨킨 씨의 원고에는 각 이야기의 제목 위에 작가 본인의 손글씨로 다음과 같은 구절이 적혀 있다: "나는 이 이야기를 아무개에게서 들었다." ('아무개'는 직책 또는 신분, 그리고 이름과 성의 이니셜로 표시되어 있다.) 호기심 많은 연구자들을 위해 아래에 발췌하자면 「역참지기」는 A. G. N.라는 이름의 서기관 계급 참사관에게서, 「마지막 한 발」은 I. L. P.라는 이름의 중령에게서, 「장의사」는 B. V.라는 이름의 관리인에게서, 「눈보라」와 「귀족 아가씨-시골 아가씨」는 K. I. T.라는 이름의 아가씨에게서 들은 이야기이다. ─ 저자 주(A. S. 푸시킨)

녔으며, 콧대는 곧고 안색은 창백했으며 마른 체형이었습니다.

친애하는 선생님, 이상이 작고한 저의 이웃이자 친구였던 분의 생활 방식과 일상, 성품, 외모에 관하여 제가 기억할 수 있는 모든 것입니다. 다만 이 편지를 어떤 식으로든 활용하실 뜻이 있으시다면, 제 이름은 부디 언급하지 말아 주실 것을 정중히 부탁드립니다.

저는 작가들을 진심으로 존경하고 사모하지만, 제 나이에 굳이 그 직함을 갖는 것은 불필요할 뿐 아니라 마땅치 않다고 여기기 때문입니다.

진심을 담아 경의를 표합니다.

1830년 11월 16일
네나라도보 마을에서

우리는 작가의 훌륭한 친구분이 밝힌 뜻을 존중하는 것이 당연한 도리라고 여기며, 그분이 제공해 주신 귀중한 정보에 깊은 감사를 드립니다.

아울러 독자 여러분께서도 그 진솔함과 선의를 높이 평가해 주시리라 믿습니다.

A. P.

마지막 한 발

> 우리는 서로에게 총을 쏘았다.
> - 바라틴스키[1]

> 나는 결투의 규칙에 따라 그를 죽이겠노라고 맹세했다(나는 그에게 아직 한 방의 총알을 빚지고 있었다).
> - 「야영지의 밤」[2]

I.

우리는 ***라는 작은 마을에 주둔하고 있었다. 군 장교의 생활이란 알려진 그대로 뻔했다. 아침에는 훈련과 승마 연습, 점심에는 연대장 숙소나 유대인 선술집에서의 식사 한 끼, 저녁에는 펀치 한 잔 곁들인 카드놀이. *** 마을에는 사람을 초대하는 집도, 신붓감도 없었다. 우리는 군복 외엔 볼 것 하나 없는 서로의 숙소에 모여들곤 했다. 우리 무리에는 군인이 아닌 이가 단 한 명 있었다. 그는 서른다섯 살쯤 되었지만 우리는 그를 노인처럼 여겼다. 경험이 풍부했던 그는 여러 면에서 우리보다 뛰어났다. 게다가 늘 침울한 표정, 거친 성

---
1   바라틴스키(1800~1844)의 시 「무도회」(1828)에서 인용한 것.
2   베스투체프 마를린스키(1797~1837)의 단편 소설 「야영지의 밤」(1822)에서 인용한 것.

격, 그리고 날카로운 입담은 젊은 우리들에게 강한 영향을 미쳤다. 어떤 신비스러움이 그의 운명을 에워싸고 있었다. 그는 러시아인처럼 보였지만 외국식 이름이 있었다. 한때 기병대에서 복무하며 제법 성공적으로 지냈지만, 그가 무슨 까닭으로 전역하여 이 황량한 마을에 정착했는지는 누구도 알지 못했다. 그는 가난하면서도 낭비하며 살았다. 늘 다 해어진 검은색 프록코트를 입고 걸어 다녔지만, 연대의 모든 장교에게 식사를 베풀곤 했다. 사실 그가 차린 식사는 퇴역한 병사가 직접 만든 두어 가지 요리가 전부였지만, 샴페인만은 강물처럼 흘러 넘쳤다. 아무도 그의 재산이나 수입이 어느 정도인지 알지 못했고, 감히 그에게 묻는 이도 없었다. 그에게는 책이 있었는데, 대부분이 군사 서적이거나 소설이었다. 그는 흔쾌히 책을 빌려주었고, 결코 돌려달라고 요구하지 않았다. 그러나 남의 책을 빌리면 그 역시 절대 돌려주지 않았다.

 그의 주요 훈련은 권총 사격이었다. 그의 방 벽은 온통 탄알로 벌집처럼 뚫려 있었다. 그가 살던 초라한 흙벽집에서 누릴 수 있는 유일한 사치는, 방대한 권총 수집품뿐이었다. 그의 사격 솜씨는 경이로울 정도였다. 만약 그가 총알 한 발로 군모 위에 얹은 배를 떨어뜨려 보이겠다고 나섰다면, 우리 연대에서는 누구도 망설임 없이 자신의 머리를 기꺼이 내밀었을 것이다. 이따금 우리는 결투에 대해 이야기했지만, 실비오(여기서는 그를 이렇게 부르겠다)는 결코 대화에 끼어들지 않았다. 결투를 해 본 적이 있느냐는 질문엔 그저 무뚝뚝하게 '있었다'라고만 답했을 뿐, 더 이상의 자세한 이야기는 하지 않았다. 그는 그런 질문에 불쾌함을 느끼는 듯했다. 우리는 그의 끔찍한 사격술로 인해 어떤 불행한 희생양이 생겼고, 그것이 그의 양심을 괴롭히고 있으리라 추측했다. 하지만 우리는 그에게 소심함 비슷한 감정이 있으리라고는 전혀 의심하지 않았다. 어떤 사람들은 외모만으로도 그런 의혹을 단번에 불식시키는 법이다.

그러던 중, 우리 모두를 놀라게 한 뜻밖의 사건이 일어났다. 어느 날, 우리 연대 장교 열 명쯤이 실비오의 집에 모여 식사를 했다. 늘 그렇듯, 우리는 평소처럼, 즉 엄청나게 마셨다. 식사가 끝나자, 우리는 실비오에게 카드 게임의 판돈을 맡아 달라고 졸라댔다. 그는 카드 게임은 거의 하지 않는다며 한동안 거절했다. 그러나 마침내 카드를 가져오게 하더니, 10루블짜리 동전 50개를 탁자 위에 쏟아 놓고는 조용히 패를 돌리기 시작했다. 우리는 그의 주변에 모여들었고, 게임이 시작되었다. 실비오는 게임 중엔 한마디도 하지 않는 것이 습관이었으며, 결코 논쟁을 벌이거나 설명을 보태는 법이 없었다. 만약 돈을 건 사람이 셈을 잘못하면, 그는 즉시 차액을 지불하거나 초과한 금액을 기록해 두었다. 우리는 이미 이 방식을 잘 알고 있었기에, 그가 자기 식대로 판을 운영하는 것에 간섭하지 않았다. 그런데 우리 중에는 얼마 전 전입한 장교가 한 명 있었고, 그는 게임을 하던 중 무심코 카드 모서리를 하나 더 접었다.[3] 실비오는 늘 그랬듯 조용히 분필을 집어 들어 점수를 고쳐 적었다. 실비오가 실수했다고 생각한 장교는 해명을 늘어놓기 시작했다. 그러나 실비오는 묵묵히 카드 패를 돌릴 뿐이었다. 장교는 끝내 자제심을 잃고 분필 지우개를 들더니, 자신이 부당하다고 여긴 점수를 지워버렸다. 그러자

---

3 카드 게임 중 카드 모서리를 접는 것은 돈을 두 배로 걸겠다는 것을 의미한다.

실비오는 다시 분필을 들어 아무 말 없이 점수를 적어 넣었다. 술기운과 게임, 동료들의 웃음소리로 흥분한 장교는 이것을 심한 모욕으로 받아들였고, 격분한 나머지 탁자 위에 있던 청동 촛대를 집어 실비오를 향해 내던지고 말았다. 실비오는 가까스로 몸을 숙여 그 공격을 피해냈다. 우리는 당황했다. 실비오는 분노로 창백해진 채, 자리에서 일어나 눈을 번뜩이며 말했다.

"선생, 당장 나가시오. 그리고 이 일이 내 집에서 벌어진 것을 신께 감사하시오."

우리는 그 결과를 의심하지 않았고, 그 새로 온 동료는 이미 죽은 목숨이나 다름없다고 생각했다. 장교는 이 모욕에 대해 상대가 원하는 방식으로 기꺼이 응할 준비가 되어 있다고 말하고는 밖으로 나갔다. 게임은 잠시 더 이어졌으나, 우리는 주인이 이미 마음을 거둔 것을 느낄 수 있었다. 우리는 하나둘씩 자리를 떴고, 머지않아 생길 빈자리에 대해 이야기를 나누며 각자의 숙소로 뿔뿔이 흩어졌다. 다음 날, 우리는 승마 연습장에서 벌써부터 그 불쌍한 중위가 아직 살아 있는지를 서로 묻고 있었다. 마침 그때, 그가 우리 앞에 태연히 모습을 드러냈고, 우리는 그에게 똑같은 질문을 던졌다. 그는 실비오에게서 아직 아무런 소식도 듣지 못했다고 대답했다. 이 말에 우리는 일제히 깜짝 놀랐다. 우리는 실비오를 찾아갔고, 마당에서 그를 발견했다. 그는 대문에 붙여 놓은 에이스 카드를 향해 연신 총알을 겹쳐 쏘고 있었다. 실비오는 여느 때처럼 우리를 맞았지만, 전날 밤 일에 대해서는 단 한마디 언급도 하지 않았다. 사흘이 지났지만, 중위는 여전히 멀쩡히 살아 있었다. 우리는 놀라 서로에게 물었다. "설마 실비오가 결투를 하지 않겠다는 것인가?" 그러나 실비오는 결투를 하지 않았다. 그는 간단한 설명만으로 만족한 듯, 중위와 화해해 버렸다.

이 사건은 젊은이들 사이에서 그의 평판에 심각한 타격을 입혔다. 흔히 용기가 인간이 가질 수 있는 최고의 긍지이자 모든 악행을 용서해 줄 수 있는 덕목이라고 여기는 젊은이들에게, 용기의 결핍은 용서될 수 없는 일인 것이다. 그러나 시간이 지나면서 모든 일은 점차 잊혔고, 실비오는 다시 예전의 영향력을 되찾아 갔다.

오직 나만이, 더는 그에게 다가갈 수 없었다. 낭만적인 상상력을 타고난 나는, 삶 전체가 하나의 수수께끼 같고 마치 신비로운 이야기 속 주인공처럼 느껴지던 그에게 누구보다도 깊은 애정을 품고 있었다. 그 역시 나를 아꼈다. 적어도 나만큼은 평소의 날카롭고 신랄한 독설에서 제외시켰으며, 우리는 다양한 주제로 솔직하고도 유쾌하게 이야기를 나누곤 했다. 그러나 그 불행한 밤 이후, 실비오의 명예는 더럽혀졌고, 그의 잘못으로 오점이 씻기지 않았다는 생각이 나를 떠나지 않았다. 나는 더 이상 그를 예전처럼 대할 수 없었고, 바라보는 일조차 부끄러웠다.

실비오는 그것을 눈치채지 못하고, 그 원인을 짐작하지 못하기에는 너무 영민하고 경험이 많은 사람이었다. 그 사실은 분명 그를 괴롭히고 있었다. 한두 번쯤 나에게 말을 걸어 해명하려는 기색이 엿보였지만, 나는 의도적으로 그런 상황을 피했다. 결국 실비오는 나에게서 한걸음 물러섰다. 그 이후로 나는 다른 동료들과 함께 있을 때에만 그를 보았고, 한때 우리 사이에 오갔던 예전의 솔직한 대화는 완전히 사라지고 말았다.

대도시의 분주한 사람들은 작은 마을이나 시골 사람들에게는 익숙한 어떤 감정들을 이해하지 못한다. 이를테면, 우편물이 도착하는 날을 손꼽아 기다리는 설렘 말이다. 화요일과 금요일이면 우리 연대의 행정실은 장교들로 북적였다. 어떤 이는 돈을, 어떤 이는 편지를, 또 어떤 이는 신문을 기다렸다. 보통 소포들은 그 자리에서 개봉되었고, 새로운 소식들이 퍼지면서 사무실은 활기로 가득 찼다. 실비오는 우리 연대를 주소로 지정해 편지를 받았고, 그래서 늘 그곳에 모습을 드러냈다. 어느 날, 그에게 한 통의 봉함 편지가 전달되었는데 그는 극도의 초조한 기색으로 봉인을 뜯었다. 편지를 훑어보는 그의 눈빛이 불타올랐다. 그러나 장교들은 저마다의 편지에 몰두하느라, 아무도 그것을 눈치채지 못했다.

"여러분." 실비오가 입을 열었다.

"제가 즉시 떠나야만 할 사정이 생겼습니다. 오늘 밤, 저는 떠납니다. 떠나기 전, 제 집에서의 마지막 식사를 마다하지 말아 주십시오." 그는 나를 바라보며 말을 이었다.

"자네도 기다리겠네. 반드시 와 주기 바라네."

이 말을 남기고 그는 서둘러 나갔다. 우리는 실비오의 집에서 다시 모이기로 한 뒤 뿔뿔이 흩어졌다. 나는 약속된 시간에 실비오의 집을 찾았고, 연대의 거의 모든 장교가 이미 모여 있었다. 그의 가재도구는 모두 정리되어 있었고, 총알 자국이 온통 새겨진 맨 벽만이 남아 있었다. 우리는 식탁에 앉았다. 주인은 유난히 들뜬 모습이었고, 곧 그의 유쾌함이 우리 모두에게 전염되었다. 코르크 마개가 쉴 새 없이 튀어 올랐고, 잔에서는 거품이 연신 쉬쉬 소리를 내며 일었다. 우리는 그에게 온 마음을 담아 평안한 여행과 행운을 기원했다. 밤이 깊어서야 우리는 모두 자리에서 일어났다. 군모를 하나둘

집어 들었고, 실비오는 장교 하나하나와 작별 인사를 나누었다. 내가 막 나가려던 순간, 그는 손을 내밀어 나를 붙잡았다.

"당신과 나눌 이야기가 있소." 그가 나즈막히 말했다. 나는 자리에 남기로 했다. 손님들이 하나둘 자리를 뜨고, 마침내 우리 둘만이 남았다. 우리는 마주 앉아 묵묵히 파이프에 불을 붙였다. 실비오에게 근심이 드리워 있었다. 그의 얼굴에는 불안이 감돌던 들뜬 유쾌함의 흔적이 이미 온데간데없었다. 음울한 창백함과 번뜩이는 눈동자, 그리고 입에서 뿜어져 나오는 짙은 담배 연기가 그에게 진짜 악마 같은 인상을 더해 주었다. 몇 분이 흐르고, 마침내 실비오가 침묵을 깼다.

"아마도 우리는 다시 만나지 못할지도 모르겠군요."

그가 내게 말했다.

"이별 전에 당신에게 해명하고 싶은 것이 있습니다. 당신도 눈치챘겠지만, 나는 남들의 생각 따위는 별로 신경 쓰지 않는 사람이오. 하지만 당신은 다릅니다. 나는 당신을 좋아하고, 부당한 인상을 남긴 채 떠나게 된다면 마음이 괴로울 것 같소."

그는 말을 멈추고, 다 타버린 파이프에 담배를 다져 넣었다. 나는 시선을 피한 채 잠자코 앉아 있었다.

"내가 그 취한 미치광이 R***에게 결투를 신청하지 않은 것이 당신에겐 의아했을 겁니다."

그는 말을 이어갔다.

"당신도 동의할 겁니다. 무기 선택권이 내게 있었으니, 그의 목숨은 내 손에 있었고 내 생명은 거의 위태롭지 않은 상황이었소. 나는 이 절제를 순전히 나의 관대함 덕분이라 둘러댈 수도 있었겠지만, 거짓을 말하고 싶지는 않습니다. 만약 내 목숨에 아무런 위험 없이 R***을 처벌할 수 있었다면, 나는 결코 그 자를 용서하지 않았을 것이오."

나는 놀라움에 휩싸여 실비오를 바라보았다. 그의 고백은 나를 완전히 아연실색하게 만들었다.

"그렇소. 나는 내 목숨을 함부로 내던질 권리가 없소. 여섯 해 전, 나는 따귀를 맞았고, 내 적은 아직 살아 있소."

나의 호기심은 걷잡을 수 없이 솟구쳤다.

"결투는 하지 않으셨습니까?"

내가 물었다.

"혹시… 어떤 사정 때문에 결투를 못 하신 겁니까?

"나는 그자와 결투를 했소."

실비오는 대답했다.

"그리고 이것이 그 결투의 흔적이오."

그는 자리에서 일어나, 종이 상자에서 금색 술과 장식이 달린 붉은 모자를 꺼냈다(프랑스식으로는 경찰모[4]라 불리는 것이었다). 그는 그것을 머리에 써 보였다. 그 모자에는 이마에서 불과 한 뼘 남짓(1 베르쇼크)[5] 떨어진 곳에 총탄이 꿰뚫고 간 흔적이 있었다.

"당신도 알다시피," 실비오는 말을 이어갔다.

"나는 *** 경기병 부대에서 복무했소. 내 성격은 당신도 잘 알겠지만, 나는 항상 최고가 되는 것에 익숙했고, 젊은 시절엔 그것이

---

4 원문의 프랑스어는 bonnet de polic
5 1 베르쇼크는 약 4.5센티미터에 해당되는 단위이다.

곧 나의 열정이었소. 우리 시대에는 난폭함이 유행이었고 나는 부대에서 가장 난폭한 사람이었습니다. 우리는 폭음을 자랑으로 삼았는데, 나는 데니스 다비도프[6]가 찬미했던, 그 명성 자자한 부르초프[7]보다도 더 마셔댔소. 우리 연대에서는 결투가 끊이지 않았고, 나는 항상 결투의 증인이거나 직접 싸우는 당사자였지요. 동료들은 나를 숭배했지만, 자주 교체되던 연대 지휘관들은 나를 피할 수 없는 악으로 여겼습니다. 나는 평온하게-혹은 실은 전혀 평온하지 않았을지도 모르지만-나의 명성을 누리고 있었습니다. 그러던 어느 날, 부유하고 명망 높은 가문 출신의 한 젊은이가 우리 연대에 배속되었습니다.(그의 이름은 굳이 밝히고 싶지 않소) 태어나 그토록 눈부신 행운아는 생전 처음이었소! 생각해 보시오―젊음, 지성, 아름다움, 광기 어린 쾌활함, 무모할 정도의 용기, 명성 높은 이름, 그리고 셀 수도 없고 마를 줄도 모르는 돈. 그가 우리에게 어떤 영향을 주었을지, 짐작이 가겠지요. 나의 우위가 서서히 흔들리기 시작했소. 내 명성에 매료된 그는 나와 친분을 쌓으려 했지만, 나는 그를 차갑게 대했고, 그는 아무런 미련 없이 나에게서 멀어졌지요. 나는 그를 증오하게 되었습니다. 연대 내에서의 그의 성공과 여인들 사이에서의 인기는 나를 완전히 절망에 빠뜨렸습니다. 나는 그에게 시비를 걸 구실을 찾기 시작했어요. 내가 던진 재치 있는 말에 그도 농담으로 응수했는데, 그것은 언제나 내 것보다 더 날카롭고 신선했으며, 심지어 더 유쾌하기까지 했습니다. 그는 가볍게 농담을 던졌지만, 나는 악의를 품

---

6 데니스 다비도프는 러시아의 시인이자 푸시킨의 친구이다.
7 부르초프는 음주와 싸움, 난폭함으로 유명했던 경기병 장교이다.

었소. 마침내 어느 날, 폴란드 지주의 무도회에서 그가 모든 여인의 시선을 한 몸에 받는 모습을 보았습니다. 특히 한때 나와 가까웠던 여주인의 시선이 그에게 향하는 것을 보고, 나는 그의 귓가에 무례하고 저속한 말을 내뱉었습니다. 그는 얼굴이 불처럼 달아오르더니, 주저 없이 내게 따귀를 날렸습니다. 우리는 곧장 군도로 맞붙었고, 여인들은 기절해 쓰러졌으며, 주변 사람들은 우리를 간신히 뜯어말렸습니다. 그러나 그날 밤, 우리는 결투를 위해 떠났습니다. 날이 막 밝아올 무렵, 나는 세 명의 입회인과 함께 약속된 장소에 나가 있었습니다. 말로 다 할 수 없는 초조함 속에서 나는 그를 기다리고 있었지요. 봄 햇살은 점점 더 밝아지고, 이른 더위가 서서히 공기 속에 스며들고 있었습니다. 멀리서 그의 모습이 보였습니다. 그는 군복 외투를 군도 손잡이 위에 걸친 채 걸어오고 있었고, 곁에는 입회인 한 사람이 함께하고 있었습니다. 우리는 그를 향해 걸어갔습니다. 그는 체리로 가득 찬 군모를 손에 들고 다가오고 있었습니다. 입회인들은 우리 사이의 거리를 열두 걸음으로 재어 주었습니다. 내가 먼저 쏘기로 되어 있었지만, 분노로 격앙된 나는 손의 정확성을 신뢰할 수 없었습니다. 나는 격정을 가라앉힐 시간을 벌기 위해 그에게 먼저 쏘라 양보했지만, 그는 동의하지 않았습니다. 결국, 제비를 뽑기로 했고, 역시나 첫 번째 순서는 행운의 총애를 영원히 받는 그에게 돌아갔습니다. 그는 조준하여 내 군모를 꿰뚫었습니다. 이제 내 차례였습니다. 드디어 그의 목숨이 내 손에 달려 있었습니다. 나는 그를 탐욕스럽게 바라보며, 그의 얼굴에서 일말의 불안이라도 읽어내려 애썼습니다. 그러나 그는 총구 앞에서도 태연하게 군모에서 잘 익은 체리를 골라 먹더니 씨를 뱉어 내 쪽으로 날려 보냈습니다. 그의 태연함은 나를 격분하게 했습니다. '자신의 목숨조차 아끼지 않는 자에게서 내가 그것을 빼앗는 게 무슨 의미가 있단 말인가?' 이런 생각이 번개처럼 머릿속을 스쳐 지나갔습니다. 그리고 그 순간, 한 줄기의 악의가 내 마음을 파고들었습니다. 나는 권총을 내렸습니다."

"당신은 지금 죽을 생각이 없는 듯하군요." 내가 말했습니다. "당신은 아침 식사를 즐기고 있으니, 방해하고 싶지 않소."

그는 대답했습니다. "전혀 방해되지 않소. 나를 쏘시오. 하지만 그것은 당신 뜻대로 하시오. 당신의 한 발은 아직 그대로 남아 있소. 나는 언제든 당신의 처분을 받을 준비가 되어 있소."

"나는 입회인들을 향해 돌아서서 오늘은 쏘지 않겠다고 선언했고, 결투는 그것으로 끝이 났습니다. 그 뒤로 나는 퇴역하여 이곳으로 물러났습니다. 그리고 그날 이후, 단 하루도 복수를 떠올리지 않은 날이 없었습니다. 이제 내 시간이 왔습니다."

실비오는 아침에 받은 편지를 주머니에서 꺼내 내게 건넸다. 모스크바에서, 아마도 이 일을 의뢰받은 누군가가 실비오에게 편지를 보내왔다. 그 안에는 그 유명한 인물이 곧 젊고 아름다운 처녀와 정식으로 혼인할 예정이라는 소식이 담겨 있었다.

"당신도 그 잘 알려진 인물이 누구인지 짐작했을 것이오." 실비오가 말했다.

"나는 모스크바로 떠납니다. 그가 예전에 체리를 먹으며 그러했던 것처럼, 결혼식을 앞두고도 태연히 죽음을 마주할 수 있을지 두고 보겠소."

그렇게 말하며 실비오는 자리에서 일어나 모자를 바닥에 내던지더니, 우리 안의 호랑이처럼 방 안을 거칠게 오가기 시작했다. 나는 말없이 그의 이야기를 들었다. 기묘하게 엇갈리는 감정들이 나를 뒤흔들었다. 하인이 들어와 말이 준비되었다고 알렸다. 실비오는 내 손을 힘껏 움켜쥐었고, 우리는 서로 입을 맞추며 작별했다. 그는 마차에 올랐다. 마차 안에는 트렁크 두 개가 실려 있었는데, 하나에는 권총이, 다른 하나에는 그의 나머지 소지품이 들어 있었다. 우리는 다시 한 번 작별 인사를 나눴고, 말들은 질주하기 시작했다.

II.

몇 해가 흐른 뒤, 집안 사정으로 나는 N** 군의 한 가난한 마을에 살게 되었다. 영지를 돌보면서도, 나는 한때의 시끌벅적하고 걱정 없던 생활을 그리워하며 조용히 탄식하곤 했다. 가장 견디기 힘들었던 것은 가을과 겨울 저녁을 완전한 고독 속에서 보내는 데 익숙해지는 일이었다. 낮에는 이장과 이야기를 나누거나, 일을 보러 돌아다니거나, 새로 지은 설비들을 둘러보며 그럭저럭 시간을 보낼 수 있었다. 하지만 날이 저물기 시작하면 나는 정말 어찌해야 할지를 몰랐다. 찬장 밑이나 창고에서 찾아낸 몇 안 되는 책들은 죄다 읽고 또 읽어서 모두 외울 정도였다. 집사 키릴로브나가 기억해낼 수 있는 이야기들도 전부 귀에 못이 박히게 들은 것들뿐이었고, 시골 아낙네들의 노랫가락은 나를 더욱 우울하게 할 뿐이었다. 설탕을 넣지 않은 과실주를 마셔보았지만, 머리만 아팠다. 솔직히 말해서, 나는 괴로움 끝에 술에 의존하는 술꾼이 될까 봐, 즉 우리 고장에서 숱하게 보아온 그런 지독한 술꾼들처럼 전락할까 봐 두려웠다. 주변에는 두세 명의 비참한 주정뱅이들 외에는 가까운 이웃이 없었고, 그들과의 대화는 대부분 딸꾹질과 한숨으로 채워지기 일쑤였다. 차라리 혼자 지내는 편이 더 나았다.

 내가 사는 곳에서 4 베르스타[8] 떨어진 곳에는 B*** 백작 부인의 부유한 영지가 있었다. 그러나 그곳에는 관리인만이 살고 있었고, 백작 부인은 결혼 첫해에 단 한 번 들렀다가 한 달도 채 되지 않아 떠났다고 했다. 그런데 내 은둔 생활의 두 번째 봄이 되었을 때, 백작 부인이 남편과 함께 여름을 보내기 위해 마을로 내려온다는 소문이 돌았다. 그리고 그들은 6월 초에 마침내 모습을 드러냈다. 부유한 이웃이 온다는 건 시골 사람들에게는 대단한 사건이다. 지주들과 그들의 하인들은 두 달 전부터 이 일을 이야기하기 시작해, 삼 년이 지나도 여전히 회자한다. 고백하자면, 젊고 아름다운 이웃이 온다는 소식은 나에게도 적잖은 영향을 미쳤다. 나는 그녀를 하루라도 빨리 보고 싶어 안달이 났고, 그래서 그들이 도착한 첫 일요일, 점심을 마친 뒤 *** 마을로 향했다. 나는 스스로를 백작 부부의 가장 가까운 이웃이자 전적으로 충직한 신하로 소개할 작정이었다.

 하인은 나를 백작의 서재로 안내하고는, 내 도착을 알리러 물러났다. 넓은 서재는 가능한 온갖 사치로 꾸며져 있었다. 벽을 따라 책이 빼곡하게 꽂힌 책장이 늘어서 있었고, 그 위엔 청동 흉상들이 줄지어 있었으며, 대리석 벽난로 위에는 대형 거울이 걸려 있었다. 바닥은 녹색 모직 천으로 덮여 있었으며, 그 위에 카펫이 깔려 있었다. 내 초라한 거처에서 사치라는 것과 담을 쌓은 지 오래였고, 남의 부유함을 마주한 것도 한참 된 터라, 나는 주눅이 들어 마치 시골에

---

8 1 베르스타는 약 1.067킬로미터이다.

서 올라온 청원인이 장관의 접견을 기다리는 것처럼 어떤 설렘과 긴장 속에서 백작을 기다렸다. 문이 열리고, 서른두 살쯤 되어 보이는 준수한 남자가 들어섰다. 백작은 솔직하고도 친근한 태도로 나에게 다가왔다. 내가 용기를 내어 막 인사를 시작하려는 순간, 백작이 먼저 말을 걸었다. 우리는 자리에 앉았다. 소탈하고 친절한 그의 대화는 곧 나의 촌스럽고 어색한 수줍음을 말끔히 씻어주었다. 내가 평상시의 태도를 막 되찾기 시작했을 때, 갑자기 백작 부인이 들어왔다. 나는 이전보다 더 큰 당황스러움에 사로잡혔다. 그녀는 정말로 아름다웠다. 백작은 나를 소개했다. 나는 태연한 척하려 애썼지만, 자연스러워 보이려 하면 할수록 오히려 더 어색하고 불편해질 뿐이었다. 내가 마음을 진정시키고 새로운 만남에 익숙해질 시간을 주기 위해 그들은 나를 좋은 이웃으로 편안히 대해주며 잠시 둘이서 담소를 나누기 시작했다. 나는 그사이 방 안을 천천히 거닐며 책과 그림들을 구경했다.

나는 그림에는 문외한이었지만, 한 작품이 유독 내 시선을 사로잡았다. 스위스의 어느 풍경을 그린 그림이었는데, 나를 놀라게 한 것은 그림 자체가 아니라, 그것이 두 발의 총알로 관통되어 있다는 사실이었다. 두 발의 총알이 정확히 포개지듯 겹쳐져 뚫려 있었다.

"정말 훌륭한 사격 솜씨로군요."

나는 백작을 향해 말했다.

"그렇습니다." 그가 대답했다.

"정말 대단한 솜씨지요. 당신도 사격을 잘하십니까?"

그가 계속해서 물었다.

"제법 합니다."

나는 대화가 마침내 내게 익숙한 주제로 옮겨간 것에 기뻐하며 대답했다.

"30보 거리에서 카드를 빗나가는 일은 절대 없습니다. 물론 익숙한 권총으로 말입니다."

"정말요?" 백작 부인이 큰 관심을 보이며 말했다.

"그런데, 여보, 당신도 30보 거리에서 카드를 맞힐 수 있어요?"

"언제 한번 해 봅시다." 백작이 말했다.

"한창때엔 나도 나쁘지는 않았소. 그런데 총을 안 잡아 본 지 4년이나 되었군요."

"오." 내가 말했다.

"그렇다면 내기를 하나 걸겠습니다. 각하께서는 20보 거리에서도 카드를 맞히기 어려우실 겁니다. 사격은 매일같이 연습해야 하거든요. 그건 제가 경험으로 배운 사실입니다. 우리 연대에서 저는 뛰어난 사격수 중 한 명으로 손꼽혔습니다. 그런데 한번은 한 달 내내 권총을 잡지 못한 적이 있었습니다. 제 권총이 수리 중이었거든요. 그런데 각하, 어떻게 되었을 것 같으십니까? 다시 사격을 하게 되었을 때, 저는 25보 거리에서도 술병을 네 번이나 연달아 맞히지 못했습니다. 우리 연대에 재치 있고 유머러스한 기병 대위가 한 명 있었는데, 때마침 곁에 있다가 이렇게 말하더군요.

'친구, 자네 손은 술병 쪽으로는 잘 안 올라가는 모양이군.'

각하, 이런 연습은 소홀히 하시면 안 됩니다. 그러다 보면 금방 감을 잃게 되거든요. 제가 만나본 최고의 사격수는 매일, 점심 전에 적어도 세 번은 사격 연습을 했습니다. 그 사람에게는 그것이 보드카 한 잔처럼 당연한 일상이었지요."

백작과 백작 부인은 내가 대화를 계속 이어가는 것에 기뻐했다.

"그 사람의 사격 실력은 어느 정도였습니까?"

백작이 나에게 물었다.

"그러니까 이렇게 말씀드릴 수 있겠습니다. 어느 정도인가 하면, 각하, 그 사람이 벽에서 파리를 보면, 웃으시는 건가요, 백작부인? 맹세코 사실입니다. 그이는 파리를 보면 이렇게 외치곤 했습니다. '쿠즈카, 권총!' 그러면 쿠즈카가 장전된 권총을 가져옵니다. 그가 '탕'하고 쏘면 파리가 벽에 그대로 박혀버렸지요!"

"정말 놀랍군요!"

백작이 말했다.

"그 사람 이름이 무엇입니까?"

"실비오였습니다, 각하."

"실비오!"

자리에서 벌떡 일어나며 백작은 소리쳤다.

"당신이 실비오를 알고 있었다고요?"

"어찌 모르겠습니까, 각하. 우리는 친구였습니다. 우리 연대에서 그이는 형제나 다름없었지요. 하지만 그 사람 소식을 듣지 못한 지 벌써 5년이 되었습니다. 각하께서도 그를 알고 계셨던 겁니까?"

"알고 있었지요, 아주 잘 알고 있었습니다. 그 사람이 당신에게 아무 말도 하지 않았습니까?… 아니, 아닐 겁니다. 그래도 혹시, 아주 이상한 사건 하나를 이야기한 적이 있습니까?"

"혹시 무도회에서 어떤 난봉꾼에게 뺨을 맞은 사건을 말씀하시는 겁니까, 각하?"

"그 사람이 당신에게 그 난봉꾼의 이름을 말했습니까?"

"아니요, 각하, 그건 말하지 않았습니다. 아, 각하….'
나는 진실을 깨닫고 말을 이어 나갔다.
"용서하십시오… 저는 몰랐습니다… 설마 각하셨습니까?"
"바로 나였습니다."
백작은 극도로 동요하며 대답했다.
"그리고 총알이 관통된 이 그림이 그와의 마지막 만남을 증명하는 기념물입니다."
"아, 여보." 백작 부인이 말했다.
"제발 말하지 마세요. 나는 무서워서 듣고 싶지 않아요."
"아니오." 백작은 동의하지 않았다.
"나는 모든 것을 말하겠소. 이 분은 내가 자신의 친구에게 어떤 모욕을 안겼는지 알고 있소. 그러니 이제 실비오가 내게 어떻게 복수했는지도 알아야 하지 않겠소."

백작은 내 쪽으로 의자를 끌어당겼고, 나는 강한 호기심으로 그의 이야기에 귀를 기울였다.

"5년 전, 나는 결혼했습니다. 첫 달, 즉 허니문을 바로 이 마을에서 보냈지요. 이 집은 내 생의 가장 행복한 순간들과 동시에 가장 고통스러운 기억 중 하나를 간직한 곳입니다. 어느 날 저녁, 우리는 함께 말을 타고 나갔습니다. 아내의 말이 왠지 고집스럽게 말을 듣지 않았습니다. 겁에 질린 아내는 말고삐를 내게 넘기고는 집까지 걸어서 돌아갔지요. 나는 먼저 앞질러 달려갔습니다. 마당에는 여행용 마차 한 대가 서 있었고, 이름을 밝히지 않은 채 나에게 용무가 있다는 한 남자가 서재에 와 있다는 말을 들었습니다. 나는 방으로 들어갔습니다. 어둠 속에서 먼지투성이에 수염이 덥수룩한 한 사내가 벽난로 옆에 서 있었습니다. 나는 그의 얼굴을 알아보려 애쓰며 다가갔지요.

"백작, 나를 모르겠소?" 그가 떨리는 목소리로 말했습니다.

"실비오!" 나는 외쳤습니다. 솔직히 말해, 그 순간 온몸의 털이 곤두서는 것을 느꼈습니다.

"맞소." 그가 계속 말했습니다.

"한 발이 아직 내게 남아 있소. 나는 내 권총을 비우러 왔소. 준비되었소?"

그의 권총은 옆 주머니에서 삐죽 튀어나와 있었습니다. 나는 열두 걸음을 재고 방 한쪽 구석에 자리를 잡은 뒤, 아내가 돌아오기 전에 어서 쏘라고 그를 재촉했습니다. 그는 잠시 주저하더니 불을 달라고 했습니다. 촛불을 내왔습니다. 나는 문을 잠가 누구도 들어오지 못하게 하고는, 그에게 쏘라고 다시 한번 재촉했습니다. 그는 권총을 꺼내 나를 겨누었지요… 나는 초를 세기 시작했습니다… 나는 아내를 생각했지요… 끔찍한 시간이 흘러갔습니다. 그때 실비오가 손을 내렸습니다.

"유감이오." 그가 말했습니다.

"권총이 버찌씨로 장전되어 있지 않아서인지… 총알이 무겁군요. 이건 결투가 아니라 살인처럼 느껴집니다. 나는 무장하지 않은 자를 겨누는 데 익숙하지 않소. 다시 시작합시다. 누가 먼저 쏠지는 제비로 정하지요."

정신이 아득해졌습니다. 나는 아마도 동의하지 않으려 했던 것 같습니다… 그러나 결국 우리는 권총 하나를 더 장전했고, 두 장의 제비를 접었습니다. 그는 내가 예전에 총으로 구멍을 냈던 그 모자

속에 그것들을 넣었습니다. 나는 또다시 첫 번째 제비를 뽑았습니다.

"백작, 당신은 정말 악마처럼 운이 좋군."

그는 내가 결코 잊지 못할 쓸쓸한 미소를 지으며 말했습니다. 나는 무슨 일이 일어났는지, 어떻게 그가 나를 이토록 몰아세울 수 있었는지 이해할 수 없었지만, 그러나 나는 방아쇠를 당겼고, 탄환은 바로 이 그림을 관통했습니다. 백작은 손가락으로 총알이 뚫고 지나간 그림을 가리켰다. 그의 얼굴은 불길처럼 이글거렸고, 백작 부인은 그녀의 스카프보다도 더 창백해 보였다. 나는 무심코 탄성을 내뱉고 말았다.

"나는 방아쇠를 당겼고." 백작은 말을 이었다.

"다행히도, 빗나갔습니다."

그때 실비오는… (그 순간, 그는 정말로 섬뜩했습니다) 실비오는 나를 겨누기 시작했습니다. 바로 그때, 문이 갑자기 열리고 마샤가 뛰어 들어와 날카로운 비명을 지르며 내 목에 매달렸습니다. 그녀의 등장에 나는 마침내 정신을 차릴 수 있었습니다.

"여보." 나는 그녀에게 말했습니다.

"우리가 지금 농담하고 있다는 걸 정말 모르겠소? 그렇게까지 놀라긴요! 어서 가서 물 한 잔 마시고 다시 와요. 당신에게 내 오랜 친구이자 동료를 소개해 주겠소."

그러나 마샤는 여전히 믿기지 않는다는 듯한 눈빛이었습니다.

"남편의 말이 사실인가요?" 그녀는 위압적인 실비오를 향해 물었습니다.

"정말로 두 분이 농담을 하고 계신 건가요?"

"백작은 언제나 농담을 하더군요, 부인." 실비오가 대답했습니다.

"언젠가 그는 농담 삼아 내 뺨을 때렸고, 농담 삼아 이 모자에 총을 쏘아 구멍을 냈으며, 방금 전에는 농담 삼아 나를 맞히지 못했지요. 이제 나도 농담을 좀 해 볼 마음이 생겼습니다…." 그렇게 말하며 그는 나를 겨누려 했습니다… 아내가 지켜보는 앞에서! 마샤는 그의 발 앞에 몸을 던졌습니다.

"일어나요, 마샤! 부끄러운 줄 아시오!" 나는 격분하여 외쳤습니다.

"그리고 당신, 이 불쌍한 여인을 가지고 더는 희롱하지 마시오! 쏠 것이오, 아니면 그만둘 것이오?"

"쏘지 않겠소." 실비오가 대답했습니다.

"나는 만족하오. 나는 당신의 당황과 두려움을 보았소. 나는 당신이 내게 총을 쏘도록 만들었소. 그것이면 충분하오. 당신은 나를 기억할 것이오. 이제 당신을 당신의 양심에 맡기겠소."

그는 나가려다 문간에서 문득 걸음을 멈추고, 내가 총알로 뚫었던 그림을 힐끗 돌아보았습니다. 그리고 조준도 제대로 하지 않은 채 방아쇠를 당기고는 사라졌습니다. 아내는 기절해 버렸고, 하인들은 감히 그를 막을 생각조차 하지 못한 채 공포에 질려 바라만 볼 뿐이었습니다. 그는 현관 밖으로 나가 마부를 불렀고, 내가 정신을 차리기도 전에 떠나 버렸습니다.

백작은 말을 멈추었다. 이렇게 해서, 한때 그 시작이 나를 깊은 충격에 빠뜨렸던 이야기의 결말을 마침내 알게 되었다. 그 뒤로 나는 이 이야기의 주인공을 다시는 만날 수 없었다. 들리는 말에 따르면, 실비오는 알렉산드로스 입실란티스[9]가 이끈 반란 당시 헤타리아 부대를 이끌다 스쿨레니[10] 전투에서 전사했다고 한다.

9 알렉산드로스 입실란티스(1792~1828)는 오스만 제국에 맞서 싸운 그리스 독립운동의 지도자로, 비밀 결사 조직 '필리키 헤타리아'의 수장이었다. 1814년부터 1821년까지는 러시아 제국 황제의 근위대 장교로 복무했다.
10 스쿨레니는 몰다비아의 프루트 강변에 있는 도시로, 1821년 6월 29일, 이곳에서 그리스 비밀 결사 조직 헤타리아의 부대가 오스만 제국 군에게 대패하였다.

눈보라

> 말들은 언덕을 가로질러 달리며
> 깊은 눈밭을 짓밟는다.
> 저기, 외딴 곳
> 하나님의 성전이 홀로 보인다.
> ....
> 갑자기 사방에 눈보라가 몰아치고,
> 눈은 덩이덩이 쏟아진다.
> 검은 까마귀, 날갯짓으로 휘파람 소리 내며
> 썰매 위를 빙빙 맴돈다.
> 예언 같은 신음 소리, 슬픔을 전하고
> 말들은 급히
> 어둠 속 저 편을 날카롭게 바라본다.
> 말갈기를 높이 치켜세운 채.
> - 쥬콥스키[1]

1811년 말[2], 우리 기억에 남을 만한 그 시기에, 가브릴라 가브릴로비치 R**라는 선량한 사람이 네나라도보에 있는 자신의 영지에 살고 있었다. 그는 인근 지방에서 손님 접대가 후하고 친절하기로

---

1 쥬콥스키의 감상주의적 발라드 「스베틀라나」에서 인용.
2 1812년 조국 전쟁 전야를 의미.

소문이 자자한 사람이었다. 이웃들은 끊임없이 그의 집에 와서 먹고 마시며, 그의 아내 프라스코비야 페트로브나와 함께 5코페이카짜리 보스턴 카드 게임을 즐기곤 했다. 어떤 이들은 그들의 딸 마리야 가브릴로브나를 보기 위해 찾아오기도 했다. 그녀는 날씬하고 창백한 열일곱 살 된 아가씨였고, 부유한 신붓감으로 손꼽혀 많은 이들이 그녀를 자신의 배우자나 아들의 신붓감으로 점찍어 두고 있었다.

마리야 가브릴로브나는 프랑스 소설을 읽으며 자랐고, 그 결과 어김없이 사랑에 빠졌다. 그녀가 선택한 상대는 자신의 시골 마을에서 휴가를 보내고 있던 가난한 육군 소위였다. 그 역시 그녀를 향한 똑같은 열정으로 불타고 있었다. 이내 둘의 애정을 눈치 챈 부모가 딸에게 그 청년은 생각조차 하지 말라고 불호령을 내리며, 그를 퇴직한 하급 관리보다도 더 냉대했던 것은 두말할 나위 없이 당연한 일이었다.

우리의 연인들은 편지를 주고받으며 날이면 날마다 소나무 숲이나 낡은 예배당 부근에서 단둘이 만났다. 그곳에서 두 사람은 서로에게 영원한 사랑을 맹세했고 운명을 한탄했으며 여러 가지 계획을 세우곤 했다. 그렇게 편지를 주고받고 이야기를 나누면서(이는 지극히 자연스러운 일이지만) 그들은 다음과 같은 결론에 이르렀다. 우리가 서로 없이는 숨조차 쉴 수 없다면, 그리고 부모의 잔인한 뜻이 우리의 행복을 가로막고 있다면, 그 뜻을 따르지 않고 살 수는 없는 것일까? 이 기막힌 생각은 물론 젊은이의 머릿속에서 먼저 나왔고, 마리야 가브릴로브나의 낭만적 상상력을 충분히 만족시켰음은 물론이다.

겨울이 찾아오면서 그들의 밀회는 중단되었지만, 편지 왕래는 오히려 더욱 활발해졌다. 블라디미르 니콜라예비치는 매 편지마다 모든 것을 자신에게 맡기고, 몰래 결혼한 뒤, 얼마 동안 숨어 살다가 부모님 발 앞에 무릎을 꿇자고 애원했다. 그러면 연인들의 영웅적인 끈기와 불행에 감동한 부모가 결국 이렇게 말하게 되리라는 것이었다. "애들아! 우리 품으로 돌아오너라."

마리야 가브릴로브나는 오랫동안 망설였다. 그녀는 여러 가지 도주 계획들을 거절했다. 그러다 마침내 그녀가 마음을 정했다. 약속된 날, 그녀는 저녁을 먹지 않고 머리가 아프다는 핑계로 자신의 방에 들어가 있기로 했다. 하녀도 이 계획에 가담해 있었다. 두 사람은 뒷문을 통해 정원으로 빠져나가 정원 바깥에 준비된 썰매를 타고 네나라도보에서 5베르스타 떨어진 자드리노 마을로 달려갈 참이었다. 그곳 교회에서 블라디미르가 그들을 기다리고 있기로 했다.

거사 전날 밤, 마리야 가브릴로브나는 한잠도 자지 못했다. 그녀는 짐을 꾸리고, 속옷과 옷가지들을 정리했으며, 감수성 풍부한 귀족 아가씨 친구에게 장문의 편지를 한 장 쓰고 또 다른 한 장은 부모님께 썼다. 그녀는 대단히 감동적인 표현으로 부모에게 작별을 고하고, 억누를 수 없는 열정으로 인한 자신의 죄를 용서해 달라고 빈 뒤, 사랑하는 부모님의 발아래 무릎 꿇는 것이 허락되는 그 날이 삶의 가장 행복한 순간이 될 것이라며 편지를 맺었다. 그녀는 두 통의 편지를 두 개의 불타는 하트와 그럴듯한 문구가 새겨진 툴라[3]산 인장으로 봉인하고는 동이 틀 무렵에야 자리에 누워 잠시 눈을 붙

---

3 모스크바 남쪽에 있는 마을. 금속 가공 산업의 중심지. 세공 및 은장식 산업으로 유명하다.

였다. 그러나 끔찍한 악몽이 자꾸만 그녀를 깨웠다. 그녀가 결혼하러 가기 위해 막 썰매에 타려는 순간, 아버지가 그녀를 붙잡아 고통스러울 만큼 빠르게 눈밭 위로 질질 끌고 가서는 어둡고 끝이 없는 지하실 속으로 내팽개치는 꿈이었다. 그녀는 심장이 터질 듯한 공포 속에 그대로 곤두박질쳐 떨어졌다. 또 어떤 때는, 창백하고 피투성이가 된 블라디미르가 풀밭에 누워 있는 모습이 보였는데, 그는 죽어가면서도 찢어지는 듯한 목소리로 서둘러 자신과 결혼해 달라고 애원하였다. 그 밖에도 기괴하고 무의미한 환영들이 그녀 앞에서 줄줄이 스쳐 지나갔다. 마침내 그녀는 평소보다 더 창백한 얼굴로 일어났고, 진짜 두통을 앓고 있었다. 아버지와 어머니는 딸의 불안을 눈치챘다. 그들의 다정한 관심과 끊임없는 질문-"무슨 일이냐, 마샤? 어디 아프니?"-은 그녀의 마음을 찢어놓았다. 그녀는 부모를 안심시키려 애서 명랑한 척했지만 소용없었다. 저녁이 되었다. 가족들과 함께하는 마지막 밤일지도 모른다는 생각에 그녀의 가슴이 조여왔다. 죽을 것만 같았다. 그녀는 주위의 사람들과 사물 하나하나에게 마음속으로 조용히 작별을 고했다. 저녁 식사가 나왔다. 그녀의 심장은 격렬히 뛰기 시작했다. 그녀는 떨리는 목소리로 저녁 생각이 없다고 말하고는 아버지와 어머니에게 저녁 인사를 건넸다. 그들은 그녀에게 입을 맞추고 평소처럼 축복의 말을 해주었다. 눈물이 금세라도 터질 듯했다. 그녀는 자기 방으로 돌아와서 안락의자에 몸을 던지고는 눈물을 쏟았다. 하녀는 그녀를 달래며 진정하고 용기를 내시라 애원했다. 모든 준비는 이미 끝나 있었다. 이제 반 시간 후면 그녀는 부모의 집도 자신의 방도 조용했던 소녀 시절도 영영 떠나야 했다… 눈보라는 밖에서 사납게 몰아쳤다. 바람은 울부짖고, 덧창은 덜컹거리며 흔들렸다. 모든 것이 그녀에게는 위협처럼, 불길한 전조처럼 느껴졌다. 곧 집 안은 고요해지고 모두들 잠이 들었다. 마샤는 숄을 두르고 따뜻한 외투를 걸친 뒤 자신의 보석함을 들고 뒷계단으로 나섰다. 하녀는 보따리 두 개를 들고 그녀를 뒤따랐다. 그들은 정원으로 내려갔다. 눈보라는 조금도 잠잠해지지 않았다. 바람은 마치 젊은 죄인을 가로막으려는 듯 정면으로 그녀에게 달려들었다. 그들은 간신히 정원 끝에 도달했다. 길가에서 썰매 마차가 그들을 기다리고 있었다. 말들은 추위에 떨어 가만히 있지를 못했고 블라디미르가 보낸 마부는 날뛰는 말들을 진정시키며 썰매 마차 앞을 서성거렸다. 그는 귀족 아가씨와 하녀가 썰매 마차에 올라 자리를 잡고 보따리와 보석함을 싣는 것을 도와준 뒤, 썰매에 올라 고삐를 잡았다. 말들은 날듯이 내달리기 시작했다. 그러면 이쯤에서 귀족 아가씨는 운명과 마부 테레쉬카의 솜씨에 맡기고, 우리의 젊은 연인 블라디미르에게 시선을 돌려보자.

    블라디미르는 하루 종일 분주히 발걸음을 옮겼다. 아침에는 자드리노의 사제를 찾아가, 마침내 그를 설득해냈다. 이어서 그는 결혼식의 증인을 구하러 인근 영지를 돌기 시작했다. 그가 가장 먼저 찾아간 이는 마흔 살의 퇴역 소위 드라빈이었다. 그는 기꺼이 동의했고, 이 모험이 옛날 경기병 시절의 장난을 떠올리게 한다며 장담하고는 식사나 하고 가라며 블라디미르를 붙잡았다. 나머지 두 명의 증인 문제도 곧 해결될 테니 걱정 말라고 안심시켰다. 실제로 식사가 끝날 무렵, 수염을 기르고 박차 달린 장화를 신은 측량 기사 슈미트와 얼마 전 창기병 연대에 입대한 열여섯 살쯤 되는 경찰서장의 아들이 도착했다. 그들은 블라디미르의 제안을 흔쾌히 받아들였을 뿐만 아니라, 자신들은 그를 위해 목숨도 아끼지 않겠노라 맹세했다. 블라디미르는 벅찬 감동에 겨워 그들을 끌어안고 결혼 준비를 서두르기 위해 집으로 돌아갔다.

이미 오래전, 어둠은 들판 위에 짙게 내려앉아 있었다. 그는 믿음직한 마부 테레쉬카를 세 마리 말이 끄는 자신의 썰매에 태워 네나라도보로 보내며, 하나하나 세심한 지시를 내렸다. 자신을 위해서는 한 마리 말이 끄는 작은 썰매를 준비하라고 일러두고, 마부 없이 단신으로 자드리노로 향했다. 두 시간쯤 후면 그곳으로 마리야 가브릴로브나가 도착할 예정이었다. 그에게는 익숙한 길이었고, 이십 분이면 충분한 거리였다.

그러나 블라디미르가 마을 어귀를 벗어나 들판으로 접어들자마자 바람이 일더니 곧 눈보라가 몰아쳐 시야가 완전히 가려졌다. 길은 순식간에 눈 속에 파묻혔고 주변은 뿌연 황토빛 안개로 자욱해졌으며 그 사이로 하얗고 커다란 눈송이가 휘몰아 날렸다. 하늘과 땅이 하나로 뒤엉킨 듯했다. 블라디미르는 들판 한가운데에서 정신을 가다듬고 다시 길을 찾으려 했지만 헛수고였다. 말은 방향을 잃고 이리저리 헤매며 때로는 눈더미를 밟고 올라섰다가 때로는 구덩이에 빠지곤 했다. 썰매는 몇 번이고 전복되었다. 블라디미르는 방향만큼은 놓치지 않으려 애썼지만, 이미 삼십 분이 흐른 것 같았는데도 자드리노 숲에는 이르지 못했다. 다시 십여 분이 더 흘렀지만 숲은 여전히 보이지 않았다. 블라디미르는 깊은 골짜기가 이리저리 나 있는 들판을 달리고 있었다. 눈보라는 그칠 줄 몰랐고 하늘도 맑아질 기미가 보이지 않았다. 말은 점차 지쳐갔고, 블라디미르는 허리까지 눈에 빠지기를 거듭하여 전신에 비 오듯 땀을 흘렸다.

마침내 그는 자신이 잘못된 방향으로 가고 있다는 것을 깨달았다. 블라디미르는 멈춰 섰다. 그는 머릿속을 더듬어 길을 되짚었고, 곰곰이 생각한 끝에 오른쪽으로 꺾었어야 했다는 확신을 얻었다. 그는 곧바로 방향을 틀었다. 그러나 이제 말은 발을 내딛는 것조차 버거워했고, 그가 길을 헤맨 지는 이미 한 시간을 넘기고 있었다. 자드리노는 멀지 않아야 했다. 그러나 달리고 또 달렸지만 들판은 끝날 줄을 몰랐다. 온통 눈더미와 골짜기뿐이었다. 썰매는 자주 뒤집혔고, 그는 매번 그것을 바로 세워야했다. 시간은 자꾸만 흘러갔다. 블라디미르는 점점 깊은 불안에 휩싸였다.

마침내 멀리 어슴푸레한 검은 형체가 모습을 드러냈다. 블라디미르는 그쪽으로 방향을 돌렸다. 가까이 다가가니 숲이 보였다. '오, 하느님, 감사합니다.' 그는 속으로 생각했다. '이제 거의 다 왔군.' 그는 이제 익숙한 길로 접어들거나 숲을 돌아갈 수 있으리라 기대하며 숲 가장자리까지 달려갔다. 자드리노는 바로 저 숲 너머에 있을 터였다. 그는 길을 찾아 겨울의 앙상한 나무들이 어둡게 죽 늘어선 숲속으로 들어섰다. 그곳엔 바람조차 닿지 않았다. 길은 평탄했고, 말은 기운을 차렸으며, 블라디미르도 안정을 되찾았다.

그러나 아무리 달려도 자드리노는 나타나지 않았다. 숲은 끝없이 이어졌다. 블라디미르는 자신이 낯선 숲속에 들어왔음을 깨닫고 서서히 공포에 사로잡혔다. 절망감이 온몸을 휘감았다. 그는 채찍을 들어 말을 다그쳤다. 불쌍한 짐승은 잠시 종종걸음을 했지만, 이내 지쳐버렸다. 한 15분쯤 뒤엔 가엾은 블라디미르가 아무리 애를 써도 말은 느리게 발걸음을 옮길 뿐이었다.

차츰 나무들이 듬성듬성해지더니 블라디미르는 마침내 숲에서 벗어났다. 그러나 자드리노는 여전히 보이지 않았다. 자정이 다 되어가는 듯했다. 그의 눈에는 저절로 눈물이 고였다. 그는 더 이상 방향을 가늠하지 않고 무작정 말을 몰았다. 날씨는 누그러지고, 구름도 서서히 걷히기 시작했다. 그의 앞에는 눈으로 덮인 굽이치는 평야가, 마치 하얀 카펫처럼 펼쳐져 있었다. 밤은 제법 맑았다. 멀지 않은 곳에서 너덧 채의 농가로 이루어진 작은 마을이 눈에 들어왔다. 블라디미르는 그 마을로 향했다. 첫 번째 농가에 이르자 그는 썰매에서 뛰어내려 창가로 달려가 창문을 두드렸다. 몇 분 후 나무 덧창이 올라가고 백발의 수염을 기른 노인이 얼굴을 내밀었다.

"무슨 일이시오?"

"자드리노까지는 먼가?"

"자드리노가 머냐고요?"

"그래, 그래! 머냐고?"

"멀지 않아요, 10베르스타 정도 될 겁니다."

이 대답에 블라디미르는 머리를 감싸 쥐었고 사형을 선고받은 사람처럼 그 자리에 얼어붙어 버렸다.

"그런데 어디서 오는 길이십니까?" 늙은이는 물었다.

블라디미르는 대답할 기운조차 없었다.

"노인장." 그가 말했다.

"자드리노까지 태워다 줄 말을 구할 수 있겠나?"

"저희에게 말이 있을 리가요." 농부가 대답했다.

"그럼 길을 안내해 줄 사람이라도 구할 수 있나? 돈은 달라는 대로 주겠네."

"잠깐 기다려보세요." 늙은이는 덧창을 내리며 말했다.

"아들놈을 내보내지요. 그 녀석이 안내해 드릴 겁니다."

블라디미르는 기다렸다. 그러나 채 1분도 지나지 않아 그는 다시 문을 두드렸다. 덧창이 올라가고 아까 그 수염 난 얼굴이 나타났다.

"무슨 일이십니까?"

"아들은 어떻게 된 건가?"

"곧 나갈 겁니다. 신발을 신고 있는 중이에요. 춥지 않으십니까? 들어와 몸이나 녹이시지요."

"고맙지만, 빨리 아들이나 내보내게."

대문이 삐걱거리며 열렸다. 젊은 농부가 막대기를 들고 나와 앞장섰다. 그는 눈 덮인 길을 가리키거나 눈더미에 묻힌 길을 더듬어 찾아내면서 걸어 나갔다.

"지금 몇 시쯤 됐나?" 블라디미르가 물었다.

"곧 날이 밝을 겁니다." 젊은 농부가 대답했다. 블라디미르는 더 이상 아무 말도 하지 않았다.

자드리노에 닿았을 때엔, 닭이 울고 하늘은 이미 훤히 밝아 있었다. 교회 문은 굳게 잠겨 있었다. 블라디미르는 안내인에게 돈을 지불하고 마당 안으로 들어가 사제를 찾았다. 하지만 마당에는 그의 삼두마차가 없었다. 도대체 어떤 소식이 그를 기다리고 있었던가!

그러면 이쯤에서 네나라도보의 지주들 곁으로 돌아가 그날 아침 무슨 일이 있었는지 알아보자.

거기선 아무 일도 없었다.

노부부는 잠에서 깨어나 거실로 나왔다. 가브릴라 가브릴로비치는 융으로 만든 실내복을 걸쳤고, 프라스코비야 페트로브나는 솜을 넣은 잠옷을 입고 있었다. 사모바르가 준비되자, 가브릴라 가브릴로비치는 하녀를 보내 마리야 가브릴로브나가 밤새 잘 잤는지, 몸 상태는 어떤지 알아보게 했다. 하녀가 돌아와 아가씨는 밤새 잠을 설쳤지만 이제 기운이 좀 나셨고, 곧 거실로 나오실 거라고 전했다. 과연, 문이 열리며 마리야 가브릴로브나가 들어와 아버지와 어머니에게 다정히 인사했다.

"머리는 좀 어떠냐, 마샤?" 가브릴라 가브릴로비치가 물었다.

"좀 나아졌어요, 아빠." 마샤가 대답했다.

"마샤야, 어제 석탄 연기를 맡았나 보구나." 프라스코비야 페트로브나가 말했다.

"그럴지도 모르겠어요, 엄마." 마샤가 대답했다.

그날은 무사히 지나갔지만, 밤이 되자 마샤는 병이 났다. 읍내로 사람을 보내 의사를 불렀다. 의사가 저녁 무렵 도착했을 때 환자는 인사불성이었다. 고열에 시달리는 불쌍한 환자는 두 주일이나 사경을 헤맸다. 집안에서는 누구도 그녀의 도주 계획에 대해 알지 못했다. 전날 그녀가 썼던 편지들은 불태워졌고, 하녀는 주인 내외의 분노가 두려워 아무에게도 입도 벙긋하지 않았다. 신부, 퇴역 소위, 수염을 기른 측량 기사, 그리고 어린 창기병도 모두 입을 다물었다. 심지어 마부 테레쉬카는 술에 취했을 때조차 쓸데없는 말은 절대 한마디도 하지 않았다. 그럴 만한 이유가 있었다.

이렇게 해서 예닐곱 명에 달하는 공모자들에 의해 비밀은 지켜졌다. 하지만 마리야 가브릴로브나는 끊임없는 열병 속에서 자신의 비밀을 누설하고 말았다. 그러나 그녀의 말이란 전혀 앞뒤가 맞지 않아서 그녀의 병상 곁을 지키던 어머니가 알 수 있었던 것은 그녀의 딸이 블라디미르 니콜라예비치와 죽도록 사랑에 빠졌고, 아마도 그 사랑이 병의 원인일 것이라는 사실뿐이었다. 그녀는 남편과 또 몇몇 이웃들과 상의했고, 결국 모두가 한목소리로 이것이 마리야 가브릴로브나의 운명이며, 정해진 운명은 말을 타고도 피할 수 없는 법이며, 가난은 죄가 아니며, 돈이 아니라 사람과 사는 것이라는 등등의 결론을 내렸다. 이런 도덕적 격언들은 우리가 스스로를 정당화할 이유를 찾기 어려울 때 놀라울 만큼 유용한 법이다.

그러는 사이 귀족 아가씨는 서서히 회복되기 시작했다. 블라디미르는 한동안 가브릴라 가브릴로비치의 집에 나타나지 않았다. 그는 평소에 받았던 냉대를 두려워하고 있었다. 그래서 가족들은 그에게 사람을 보내 결혼 승낙이라는 예상치 못한 행운을 알리기로 결정했다. 하지만 네나라도보의 지주 부부는 초대에 답한 그의 반미치광이 같은 편지를 받고 얼마나 놀랐던가! 그는 그들의 집에 발을 들여놓는 일은 결코 없을 것이라 선언하며, 남은 유일한 희망이 죽음뿐인 자신 같은 불행한 인간은 잊어달라고 적어 보냈다. 며칠 후, 그들은 블라디미르가 군에 입대한 것을 알게 되었다. 때는 1812년이었다.

한동안 그들은 회복 중인 마샤에게 이 소식을 어떻게 전할지 엄두를 내지 못했다. 그녀는 블라디미르에 대해 단 한마디도 언급하지 않았다. 그러나 몇 달이 지난 후 보로지노[4] 전투에서 혁혁한 공훈을 세운 중상자 명단에서 그의 이름을 발견하자 그녀는 정신을 잃었고, 사람들은 열병이 다시 도질까 걱정을 했다. 그러나 다행히도 기절은 큰 후유증 없이 지나갔다.

4 1812년 9월 나폴레옹 휘하의 프랑스군과 러시아군 사이에서 벌어진 대규모 전투.

하지만 그녀에게 또 다른 슬픔이 찾아왔다. 가브릴라 가브릴로비치가 세상을 떠난 것이다. 그는 모든 재산을 딸에게 남겼다. 그러나 유산은 그녀를 위로하지 못했다. 그녀는 불쌍한 프라스코비야 페트로브나의 슬픔을 함께 나누며 어머니 곁을 영원히 지키겠노라 마음속 깊이 맹세했다. 두 사람은 슬픈 추억이 서린 네나라도보를 떠나 **영지로 삶의 터전을 옮겼다.

여기에서도 신랑감들이 아름답고 부유한 신붓감 주위를 맴돌았다. 그러나 그녀는 누구에게도 일말의 희망조차 주지 않았다. 어머니는 때때로 그녀에게 짝을 고르라 권했지만, 마리야 가브릴로브나는 고개를 가로저으며 깊은 생각에 잠기곤 했다. 블라디미르는 이미 세상에 존재하지 않았다. 그는 프랑스군이 입성하기 전날, 모스크바에서 목숨을 잃었다. 그에 대한 추억은 마샤에게는 신성한 것처럼 보였다. 적어도 그녀는 그를 떠올리게 하는 모든 것-그가 한때 읽었던 책들, 그의 그림들, 그가 그녀를 위해 손수 옮겨 적었던 악보와 시-을 정성스럽게 간직하고 있었다. 이 모든 사실을 알게 된 이웃들은 그녀의 변함없는 마음에 감탄했고, 이 순결한 아르테미시아[5]의 슬픈 정절을 마침내 정복하게 될 영웅이 나타나기를 호기심 가득한 눈으로 기다렸다.

그사이 전쟁은 영광스럽게 끝났다. 우리 군대는 국경 밖에서 돌아오고 있었다. 사람들은 그들을 맞으러 달려 나갔다. 악대는 '앙

---

5 기원전 4세기경 할리카르나소스를 다스렸던 마우솔로스 왕의 부인. 남편 사후 그를 기리기 위해 세계 7대 불가사의의 하나인 거대한 기념비를 세웠다. 정절의 상징으로 여겨진다.

리 4세 만세[6]', '티롤 왈츠', '조콘다[7]'의 아리아 같은 전장에서 얻은 노래들을 연주했다. 거의 소년으로 출정했던 장교들은 전장의 공기를 마시며 어느덧 성장하여 십자 훈장을 달고 돌아왔다. 병사들은 연신 독일어나 프랑스어를 섞어가며 유쾌하게 이야기를 나누었다. 잊을 수 없는 시절! 영광과 환희의 시대! '조국'이라는 한마디에 러시아인의 심장은 얼마나 세차게 뛰었던가! 재회의 눈물은 얼마나 달콤했는지! 우리는 한마음으로 민족의 자긍심과 황제에 대한 사랑으로 뭉치지 않았던가! 그리고 그에게는, 얼마나 벅찬 순간이었겠는가!

여인들, 그 당시의 러시아 여인들은 비할 데 없이 훌륭했다. 평소의 냉담함은 사라지고, 승리자들을 맞이하며 '만세!'를 외치는 그들의 환호는 참으로 황홀했다.

> 그들은 머리 장식을 하늘 높이 던졌다.[8]

그 시절 장교들 가운데 그 누가 러시아 여인에게서 가장 훌륭하고 귀중한 보상을 받았음을 인정하지 않을 수 있겠는가?…

이 찬란한 시기에 마리야 가브릴로브나는 ***현에서 어머니와 함께 살고 있었고, 두 수도에서 군대의 귀환을 어떤 식으로 축하

---

6 1774년 샤를 콜레가 쓴 프랑스 코미디 《앙리 4세의 사냥 파티》에 나오는 노래의 첫 구절로, 프랑스 국왕 앙리 4세를 찬양하는 내용이다.
7 니콜로 이수아르가 작곡한 프랑스 경가극으로 1814년 파리에서 상연되어 큰 성공을 거두었다.
8 그리보예도프(1795~1829)의 「지혜의 슬픔」에서 인용한 것.

했는지 보지 못했다. 그러나 작은 마을과 시골에서의 열광은 어쩌면 그보다 더 뜨거웠을지도 모른다. 그런 곳에 등장한 장교는 진정한 영웅이었고, 그의 곁에서는 연미복 차림의 연인마저도 그저 초라해 보이기 마련이었다.

우리는 앞서 마리야 가브릴로브나의 냉정함에도 불구하고 그녀가 여전히 구혼자들에게 둘러싸여 있음을 언급한 바 있다. 하지만 부상을 당한 기병 연대장 부르민이 단춧구멍에 게오르기 훈장을 달고 이곳 귀족 아가씨들이 말하는 '흥미로운 창백함'을 지닌 채 그녀의 저택에 나타났을 때, 모든 이들은 한걸음 물러설 수밖에 없었다. 그의 나이는 스물여섯 정도였다. 그는 마리야 가브릴로브나의 영지 근처에 있는 자신의 영지에서 휴가를 보내기 위해 내려와 있었다. 마리야 가브릴로브나는 그를 각별히 대했고, 그가 곁에 있을 때면 평소 수심에 차 있던 그녀의 표정에도 생기가 돌았다. 그녀가 그에게 교태를 부렸다고는 할 수 없지만 시인이 그 모습을 보았다면 이렇게 말했을 것이다.

이것이 사랑이 아니라면, 그럼 도대체 무엇이란 말인가?[9]

부르민은 실제로 매우 매력적인 청년이었다. 그는 여인들의 마음을 사로잡는 그런 지성을 지니고 있었다. 품위 있고 세심했으며, 잘난 척하지 않았고 태연히 재치 있게 구는 유머 감각이 있었다. 마리야 가브릴로브나를 대하는 그의 태도는 순수하고 자유로웠다. 그

---

9 프란체스코 페트라르카(1304~1374)의 소네트에서 인용한 것.

러나 그녀가 무슨 말을 하거나 어떤 행동을 하기라도 하면 그의 마음과 눈길은 늘 그녀를 따라다녔다. 그는 조용하고 겸손한 성격으로 보였지만 소문에 따르면 한때 대단한 방탕아였다고 했다. 그러나 이는 마리야 가브릴로브나의 눈에 전혀 흠이 되지 않았다. 그녀는, 다른 모든 젊은 숙녀들처럼, 젊은 날의 장난스러운 행동을 용기와 열정의 징표로 여기며 기꺼이 용서하는 편이었다.

그러나 무엇보다… 그의 다정함보다, 유쾌한 대화보다, 흥미로운 창백함보다, 그리고 붕대 감은 팔보다, 그녀의 호기심과 상상력을 가장 강하게 자극한 것은 바로 젊은 경기병의 침묵이었다. 그녀는 그가 자신을 매우 좋아한다는 사실을 인정하지 않을 수 없었다. 아마도 그는 자신의 지성과 경험으로 그녀가 자신을 특별히 대한다는 것을 이미 알아챘을 것이다. 그렇다면 왜 아직 그녀는 그의 무릎 꿇은 모습을 보지 못하고, 그의 고백을 듣지 못하고 있는 것일까? 무엇이 그를 망설이게 하는 걸까? 진실한 사랑의 동반자인 수줍음 때문일까, 자존심 때문일까 아니면 노련한 바람둥이가 지닌 하나의 전략인 것일까? 이것은 그녀에게 수수께끼였다. 깊은 생각 끝에, 마리야 가브릴로브나는 자신의 수줍음만이 그를 가로막는 유일한 장애물임을 깨달았다. 그녀는 부르민에게 더 따스한 관심을 쏟고, 상황에 따라 애정 어린 행동으로 그를 격려하기로 결심했다. 그녀는 가장 예상치 못한 결말을 준비하며 낭만적인 고백의 순간을 초조하게 기다렸다. 비밀이란, 어떤 것이든 여인의 마음에 무거운 짐이 되기 마련이다. 그녀의 전략은 바라던 성과를 거두었다. 부르민은 깊은 고민에 잠긴 듯 보였고, 그의 검은 눈동자는 불꽃처럼 마리야 가브릴로브나를 향했다. 결정적인 순간이 다가온 듯 싶었다. 이웃들은 마치 운명이 정한 일인 양 결혼 이야기를 입에 올렸고, 선량한 프라스코비야 페트로브나는 마침내 딸이 어울리는 신랑감을 찾은 것에 기뻐했다.

어느 날, 노부인은 거실에 혼자 앉아 카드 패를 떼고 있었다. 그때 부르민이 방으로 들어와 마리야 가브릴로브나가 어디 있는지 물었다.

"그 아이는 정원에 있네." 노부인이 대답했다.

"정원으로 가보게, 나는 여기서 기다리겠네."

부르민이 나가자 노부인은 성호를 그으며 생각했다. '오늘 드디어 일이 성사되려나!'

부르민은 연못가 버드나무 아래에서 책을 읽고 있는 마리야 가브릴로브나를 발견했다. 그녀는 흰 옷을 입고 있었고 마치 소설 속 여주인공 같았다. 몇 마디 가벼운 대화를 나눈 뒤, 마리야 가브릴로브나는 일부러 말을 잇지 않았다. 이로써 둘 사이의 어색한 긴장이 더욱 깊어졌다. 이런 당혹감을 풀어줄 유일한 방법은 갑작스럽고 결정적인 사랑 고백뿐이었다. 그리고 결국 그렇게 되었다. 부르민은 자신의 곤란한 처지를 느끼며, 오랫동안 그녀에게 마음을 털어 놓을 기회를 찾아왔다고 말하고는 잠시 자신에게 주의를 기울여 달라고 요청했다. 마리야 가브릴로브나는 책을 조용히 덮고 동의의 표시로 수줍게 시선을 내렸다.

"나는 당신을 사랑합니다."-부르민이 말했다.

"열렬히 사랑합니다…(마리야 가브릴로브나는 얼굴을 붉히며 고개를 더 숙였다)."

"내가 경솔했습니다. 매일 당신을 보고 듣는 그 달콤한 습관에

저도 모르게 빠져들고 말았습니다…." (이 장면에서 마리야 가브릴로브나는 생프뢰[10]의 첫 번째 편지를 떠올렸다)

"이제 제 운명에 맞서기엔 너무 늦었습니다. 당신에 대한 추억, 당신의 사랑스럽고 비할 데 없는 모습은 이제부터 제 삶의 고통이자 위안이 될 것입니다. 하지만 저에게는 아직 무거운 의무가 남아 있습니다. 당신에게 끔찍한 비밀을 밝혀야 합니다. 우리 사이에 넘을 수 없는 장벽이 세워진다 해도…."

"그 장벽은 늘 존재해 왔어요."

마리야 가브릴로브나는 재빨리 그의 말을 가로막았다.

"저는 결코 당신의 아내가 될 수 없었어요…."

"압니다."

그는 조용히 대답했다.

"당신이 한때 누군가를 사랑했다는 것을 압니다. 하지만 그가 죽은 뒤 삼 년이라는 애도의 시간이… 착하고 사랑스러운 마리야 가브릴로브나! 제게서 마지막 위안마저 빼앗지 마십시오. 당신이 동의했다면 저를 행복하게 해줄 수 있었을 그 생각을 말입니다. 제발, 아무 말 마세요. 당신은 제 마음을 갈가리 찢고 있습니다. 그래요, 압니다. 저는 느낍니다. 당신은 내 사람이 될 수도 있었지요. 그러나 저는… 가장 불행한 존재입니다… 저는 이미 결혼한 몸입니다!"

마리야 가브릴로브나는 놀란 눈으로 그를 바라보았다.

"저는 결혼을 했습니다."

부르민이 말을 이어갔다.

---

10 루소(1712~1778)의 소설 『신 엘로이즈』에 나오는 쥘리의 연인이다.

"결혼한 지 벌써 4년이 되었습니다. 하지만 저는 제 아내가 누구인지, 어디에 있는지, 언제 그녀를 다시 만날 수 있을지조차 모릅니다!"

"무슨 말씀이세요?" 마리야 가브릴로브나가 외쳤다.

"어떻게 그렇게 이상한 일이! 계속하세요. 저는 나중에 말할게요. 그러니 어서 계속 말씀해 주세요."

"1812년 초였습니다." 부르민이 말했다.

"저는 우리 연대가 주둔하고 있는 빌나로 급히 가고 있었습니다. 하루는 저녁 늦게 역참에 도착해 서둘러 말을 준비하라고 지시했는데, 그때 갑자기 무시무시한 눈보라가 휘몰아치기 시작했습니다. 역참지기와 마부들이 내게 잠시 기다리다 가라 권했습니다. 그들의 말을 따랐지만 알 수 없는 불안이 저를 완전히 사로잡았습니다. 마치 누군가가 나를 끊임없이 떠미는 것 같았어요. 그러는 동안에도 눈보라는 그칠 줄을 몰랐습니다. 저는 더는 참지 못하고 다시 말을 준비하라고 명령하고 폭풍 속으로 달렸습니다. 마부는 강을 따라 가면 길을 3베르스타쯤 단축할 수 있다고 생각했던 것 같습니다. 하지만 강둑은 눈으로 뒤덮여 있었고, 마부는 도로로 나가는 지점을 지나쳐 버렸지요. 결국 우리는 낯선 곳에 이르렀고 눈보라는 여전히 사납게 몰아쳤습니다. 그때 멀리 희미한 불빛 하나가 보이기에 저는 그리로 가자고 지시했습니다. 우리는 한 마을에 도착했고 목조로 된 교회엔 불이 켜져 있었습니다. 교회 문은 열려 있었고, 울타리 밖에는 썰매 몇 대가 서 있었으며, 현관 계단에는 사람들이 분주히 오가고 있었습니다.

"이쪽으로! 이리로!" 여러 사람의 목소리가 일제히 터져 나왔습니다. 저는 마부에게 썰매를 가까이 대라고 명령했습니다.

"도대체 어디서 그렇게 늑장을 부린 건가?" 누군가 제게 말했습니다.

"신부는 기절했고, 사제는 어쩔 줄을 모르고 있네. 우리는 막 돌아가려던 참이었어. 빨리 들어오게."

저는 말없이 썰매에서 뛰어내려 두서너 개의 촛불로 희미하게 밝혀진 교회 안으로 들어갔습니다. 한 아가씨가 교회의 어두운 구석 의자에 앉아 있었고, 또 한 명의 아가씨가 그녀의 관자놀이를 문지르고 있었습니다.

"천만다행이에요." 두 번째 아가씨가 말했습니다.

"간신히 도착하셨군요. 하마터면 아가씨를 죽일 뻔하셨어요."

늙은 사제가 제게 다가와 물었습니다.

"시작할까요?"

"시작합시다, 시작하세요, 신부님." 저는 건성으로 대답했습니다. 사람들이 아가씨를 부축해 일으켰습니다. 그녀는 상당히 아름다워 보였습니다… 이해할 수도, 용서받을 수도 없는 경솔한 행동이었지요… 저는 그녀와 나란히 제단 앞에 섰습니다. 사제는 서둘렀지요. 세 명의 남자와 하녀는 아가씨를 부축하느라 정신이 팔려 있었습니다. 우리는 결혼식을 올렸습니다.

"이제… 서로 입맞춤하시오." 사람들이 말했습니다.

제 아내는 제 쪽으로 창백한 얼굴을 돌렸습니다. 저는 그녀에게 입을 맞추려 다가갔습니다… 그녀가 비명을 질렀습니다.

"아, 아니에요! 그가 아니에요!" 그러고는 정신을 잃고 쓰러졌습니다. 증인들은 겁에 질린 눈으로 저를 쳐다보았습니다. 나는 몸을 돌려 아무런 방해 없이 교회를 나와 썰매에 뛰어올라 "가자!"고 외쳤습니다.

"오, 맙소사!" 마리야 가브릴로브나가 소리쳤다.

"그리고 당신은 불쌍한 당신의 아내가 어떻게 되었는지 전혀 모르시는 건가요?"

"모릅니다." 부르민은 대답했다.

"제가 결혼식을 올린 마을 이름도 모르고, 어느 역참에서 출발했는지도 기억나지 않습니다. 저는 저의 경솔한 장난을 당시에는 대수롭지 않게 생각해서 교회를 떠나자마자 잠이 들었고 다음 날 아침 세 번째 역참에서 잠이 깨었습니다. 그때 저와 함께 있었던 하인은 전장에서 죽었고… 그래서 제가 그토록 잔인하게 놀려먹은 아가씨, 이제는 이렇게 제게 복수를 하고 있는 그 아가씨를 찾을 수 있다는 희망조차 제겐 없습니다."

"오, 하느님, 하느님!" 마리야 가브릴로브나가 그의 손을 잡으며 말했다.

"그러니까 당신이었군요! 저를 알아보지 못하시겠어요?"

부르민의 얼굴은 백지장처럼 하얘졌다. 그리고 그는 그녀의 발 앞에 몸을 던졌다.

장의사

> 우리는 매일같이 관을 보지 않는가,
> 늙어 가는 우주의 백발을?
> – 데르쟈빈[1]

장의사 아드리안 프로호로프의 마지막 살림살이가 장례 마차에 실리자, 여윈 말 한 쌍은 네 번째로 바스만나야 거리에서 니키츠카야 거리로 힘겹게 길을 나섰다. 장의사는 그곳으로 온 가족과 함께 이사하는 중이었다. 그는 가게 문을 잠근 뒤 집을 매매 혹은 임대한다는 광고를 대문에 붙이고는 새 거처를 향해 걸음을 옮겼다. 오랫동안 그의 상상력을 자극해 온, 마침내 거금을 주고 손에 넣은 노란색 집으로 다가가면서 늙은 장의사는 자신의 마음이 전혀 기쁘지 않다는 사실에 스스로 놀랐다. 낯선 문턱을 넘어 새집 안이 어수선한 것을 보고, 그는 자신의 낡은 집을 그리워하며 한숨을 지었다. 그 허름한 오두막에서는 18년 동안 엄격한 질서 속에 모든 것이 정돈되어 있었다. 두 딸과 하녀의 굼뜬 행동을 꾸짖고 나서, 그는 마침내 직접 나서서 짐 정리를 거들기 시작했다. 곧 질서가 잡혔다. 성상함과 식기 장식장, 탁자, 소파, 침대가 뒷방의 제자리를 찾아갔다. 부엌과 거실에는 주인의 작품들 – 각양각색의 크고 작은 관들과 장례용 모자, 망토, 횃불이 든 진열장들이 나란히 자리를 잡았다. 대문 위에

---

1 데르쟈빈(1743~1816)의 송시 「폭포」에서 인용한 것.

는 횃불을 거꾸로 든 통통한 큐피드가 그려진 간판이 높이 걸려 있었고, 그 아래에는 이렇게 적혀 있었다.

'이곳에서는 일반 관 및 채색 관을 판매·제작하며 대여도 가능합니다. 낡은 관의 수리도 해드립니다.' 딸들은 자기 방으로 들어갔다. 아드리안은 집 안을 천천히 둘러본 뒤, 창가에 앉아 사모바르를 준비하라고 명령했다.

교양 있는 독자라면 셰익스피어와 월터 스콧 모두 대조를 통해 우리의 상상력을 더욱 강력하게 자극하고자 무덤 파는 인부를 유쾌하고 익살스럽게 묘사했다는 것을 아시리라 믿는다. 그러나 우리는 진실에 대한 존중으로 그들의 전례를 따를 수 없으며, 우리 장의사의 성격은 그의 음침한 직업과 완벽하게 일치했음을 인정하지 않을 수 없다. 아드리안 프로호로프는 늘 침울하고 사색에 잠겨 있었다. 그는 두 딸이 아무 일도 하지 않고 창밖 행인들만 물끄러미 바라보는 것을 꾸짖거나, 자신의 작품을 필요로 하는 불행(혹은 때로 행운)을 당한 사람들에게 터무니없는 값을 부를 때에만 침묵을 깼다. 이날도 아드리안은 창가에 앉아 일곱 번째 찻잔을 비우며, 언제나처럼 침울한 생각에 잠겨 있었다. 그는 일주일 전, 검문소 근처에서 퇴역 여단장의 장례식이 폭우 속에서 치러졌던 일을 떠올렸다. 그 비로 인해 많은 장례용 망토가 줄어들었고, 여러 개의 모자가 뒤틀리거나 망가졌다. 그렇지 않아도 낡아가던 장례복들이 더 형편없는 상태가 되어, 그는 피할 수 없는 지출을 예상해야 했다. 그는 이 손실을 상인 트류히나 노부인에게서 만회할 생각이었다. 그녀는 이미 1년 전부터 임종을 앞두고 있었다. 그러나 트류히나는 라즈굴랴이에서 마지막 순간을 맞이하고 있었고, 아드리안은 그녀의 상속인들이 약속을 어기고, 먼 곳까지 자신을 부르지 않은 채 더 가까운 장의업자와 거래할지 모른다는 걱정에 사로잡혀 있었다.

그러나 이런 생각은 문득 들려온, 세 번의 프리메이슨식 노크 소리에 의해 중단되었다.

"거기 누구요?"

장의사가 물었다. 문이 열리고 한눈에 봐도 독일인 수공업자로 보이는 남자가 방으로 들어섰다. 그는 유쾌한 표정으로 장의사에게 다가왔다.

"실례합니다요, 친애하는 이웃이여."

그는 지금도 웃지 않고서는 끝까지 듣기 어려운 그런 류의 러시아 억양으로 말했다.

"폐를 끼쳤다면 실례입니다만… 저는 하루빨리 친해지고 싶었습니다. 저는 제화공이고, 이름은 고틀리프 슐츠입니다. 바로 길 건너, 이 집 창문 맞은편에 있는 작은 집에 살고 있습니다. 내일 저희 은혼식이 있는데, 당신과 따님들을 점심에 초대하고 싶습니다. 친구처럼 말이지요."

그의 초대는 선선히 받아들여졌다. 장의사는 고틀리프 슐츠에게 차 한 잔 하자며 자리를 권했고, 슐츠의 활달한 성격 덕분에 두 사람은 곧 스스럼없이 이야기를 주고받게 되었다.

"장사는 어떠신가요?" 아드리안이 물었다.

"에-헤-헤." 슐츠가 대답했다.

"그럭저럭 됩니다. 불평할 정도는 아니지요. 물론 제 물건은 당신 것과는 다르지요. 산 사람은 구두 없이도 지낼 수 있지만, 죽은 사람은 관 없이는 살 수가 없으니까요."

"맞는 말씀입니다." 아드리안이 말했다.

"하지만 산 사람이 구두를 살 돈이 없다면, 언짢게 생각하지 마세요, 맨발로 다니게 마련이지요. 반면, 죽은 거지는 공짜로라도 관을 얻어간답니다."

이렇게 두 사람의 대화는 얼마간 더 이어졌다. 마침내 제화공은 자리에서 일어나 장의사에게 작별을 고하며, 다시 한번 초대의 뜻을 되새겼다.

다음 날, 정오가 되자마자 장의사와 그의 딸들은 새로 산 집의 작은 문을 나서 이웃집으로 향했다. 나는 아드리안 프로호로프의 러시아식 카프탄도, 아쿨리나와 다리야의 유럽풍 의상도 굳이 묘사하지 않으려 한다. 이는 오늘날 소설가들이 따르는 관습에서 벗어나는 일이기 때문이다. 그러나 두 처녀가 특별한 날에만 쓰는 노란 모자와 빨간 구두를 착용했다는 것을 언급하는 것이 지나치다고는 생각하지 않는다. 이런 차림은 그들에게 명절 때에나 허락된 일이었다.

제화공의 좁은 집은 손님들로 가득 차 있었는데, 대부분이 독일인 장인들과 그들의 아내, 그리고 도제들이었다. 러시아 관리 중에는 핀란드계 러시아인 유르코라는 순찰원이 있었다. 그는 비록 직급은 낮았지만 주인의 각별한 환대를 받았다. 그는 포고렐스키의 우체부[2]처럼 자신의 직책에서 25년 동안 성실하고 정직하게 근무했다.

1812년 대화재가 옛 수도를 불태웠을 때, 그의 노란 초소 역시 소실되었다. 하지만 적들이 쫓겨난 직후, 같은 자리에는 도리아 양식의 흰 기둥이 달린 새로운 회색 초소가 세워졌고, 유르코는 '도끼를

---

2 포고렐스키의 단편에 나오는 인물 중의 하나.

들고 투박한 회색 솜옷을 걸친 채' 초소 주위를 다시 어슬렁거렸다. 니키츠키 문 근처에 사는 대부분의 독일인들은 그를 잘 알고 있었다. 심지어 그들 중 어떤 이들은 일요일에서 월요일까지 유르코의 초소에서 밤을 지새우기도 하였다. 아드리안은 조만간 필요할 수도 있는 이 사람과 바로 친해졌고, 손님들이 식탁에 앉을 때 둘은 나란히 앉았다.

슐츠 부부와 열일곱 살 난 딸 로트헨은 손님들과 함께 식사를 하면서, 하녀들의 손을 거들어 음식을 나르고 접대를 도맡았다. 맥주가 넘쳐흘렀다. 유르코는 4인분을 먹었는데, 아드리안도 그에 뒤지지 않았다. 그의 딸들은 조신하게 행동했다. 독일어로 나누던 대화는 시간이 갈수록 시끄러워졌다. 갑자기 집주인이 주의를 끌더니 송진으로 밀봉한 술병을 따며 러시아어로 크게 소리쳤다.

"사랑하는 루이자의 건강을 위하여!"

반샴페인[3]이 거품을 뿜으며 터져 나왔다. 집주인은 마흔 살 된 아내의 생기 넘치는 얼굴에 입을 맞추었고, 손님들은 루이자의 건강을 위해 떠들썩하게 술잔을 비웠다.

"사랑하는 우리 손님들의 건강을 위하여![4]"

주인이 두 번째 병을 따며 외쳤고, 손님들은 감사의 뜻으로 다시 한 번 잔을 비웠다. 그때부터 건강을 위한 건배가 연달아 꼬리를 물고 이어졌다. 손님들은 각자의 건강을 위해 마셨고, 모스크바와 독일 소도시 열두 곳의 건강을 위해 마셨으며, 모든 조합과 개별 조

---

3 당시 러시아에서 유행한 저렴한 스파클링 와인.
4 원문의 독일어는 unserer Kundleute.

합을 위해 마셨고, 장인들과 도제들의 건강을 위해 마셨다. 아드리안도 기세 좋게 술을 들이켰고, 기분이 한껏 달아오르자 느닷없이 엉뚱한 건배를 제안하기에 이르렀다. 갑자기 손님 중 한 명인 뚱뚱한 제빵사가 술잔을 들고 외쳤다.

"우리한테 일감을 주시는 고객들의 건강을 위하여!"

모든 건배처럼 이 건배도 유쾌한 환호 속에 받아들여졌다. 손님들은 서로 잔을 부딪치며 인사를 주고받기 시작했다. 재단사는 제화공에게, 제화공은 재단사에게, 제빵사는 그 둘에게, 모두가 제빵사에게, 하는 식으로 인사를 건넸다. 이렇게 서로 인사를 나누던 중 유르코는 옆사람에게 고개를 돌려 소리쳤다.

"어떤가, 친구? 자네 역시 자네의 망자들을 위해 건배를 해야지."

모두가 웃음을 터뜨렸지만, 장의사는 기분이 상해 얼굴을 잔뜩 찌푸렸다. 그러나 아무도 그것을 눈치채지 못했고 손님들은 계속 술을 마셔 댔다. 저녁 예배를 알리는 종소리가 울리고 나서야 그들은 식탁에서 일어섰다. 손님들은 늦은 시각이 되어서야 자리를 떴고, 하나같이 거나하게 취해 있었다. 뚱뚱한 제빵사와 얼굴이 불그스름한 염소 가죽 책표지를 닮은 제본공이 유르코를 부축해 초소까지 데려다주었다. 이로써 '빚은 갚아야 아름답다'는 러시아 속담을 충실히 따른 셈이었다. 장의사는 술에 잔뜩 취해 화가 나 집으로 돌아왔다.

"도대체 이게 뭐람?" 그는 혼잣말로 내뱉었다.

"내 일이 다른 일보다 정직하지 않기라도 하다는 거야? 장의사가 망나니의 형제라도 된다는 거야? 저 이교도들은 대체 왜 비웃는 거지? 내가 성탄절 어릿광대라도 된 줄 아는 모양이군! 그자들을 집들이에 초대해 산더미 같은 요리로 정성껏 대접하려 했는데, 이제 필요 없어! 대신 나의 고객인 러시아 정교의 망자들을 불러야겠다."

"세상에, 그게 대체 무슨 말씀이세요, 주인어른?"

그때 그의 장화를 벗기던 하녀가 말했다.

"도대체 무슨 터무니없는 소리를 하시는 거예요? 성호를 그으세요! 집들이에 죽은 사람들을 부르시겠다니요! 이게 무슨 끔찍한 말씀이세요!

"신에게 맹세코, 부를 거야."

아드리안은 말을 이었다.

"그것도 내일 당장. 어서 오시오, 나의 은인들이여. 내일 저녁 함께 먹고 마시며 즐깁시다. 신께서 보내 주신 것으로 대접하겠습니다."

그렇게 말한 후 장의사는 침대에 쓰러져 곧바로 코를 골기 시작했다.

누군가 아드리안을 깨웠을 때, 밖은 아직 어두웠다. 상인 트류히나 노부인이 그날 밤 세상을 떠났고, 그녀의 관리인이 보낸 심부름꾼이 말을 달려 급히 와서 아드리안에게 이 소식을 전했다. 장의사는 그에게 보드카 마실 은화 한 닢을 주고는 서둘러 옷을 입고 마부를 불러 라즈굴랴이 거리로 향했다. 고인의 집 대문에는 이미 경찰이 서 있었고, 송장 냄새를 맡은 까마귀처럼 상인들이 서성이고 있었다. 고인은 밀랍처럼 누렇게 변해 탁자 위에 누워 있었지만, 시신은 아직 부패하지 않은 상태였다. 그녀 곁에는 친척, 이웃, 하인들이 죽 늘어서 있었다. 모든 창문은 열려 있었고, 촛불이 타고 있었으며, 사제들이 기도문을 읽고 있었다. 아드리안은 유행하는 최신식

프록코트를 입은 트류히나의 조카에게 다가가, 관과 양초, 수의와 기타 장례용품들이 빠짐없이 완벽한 상태로 곧 도착할 것이라고 알렸다. 상속인은 건성으로 고맙다고 말하고는, 가격은 흥정하지 않을 것이며, 모든 것을 그의 양심에 맡기겠다고 말했다. 장의사는 여느 때처럼 추가 비용은 없을 것이라 맹세하고, 관리인과 의미심장한 눈빛을 교환한 뒤 장례 준비를 위해 집으로 돌아갔다. 그는 하루 종일 라즈굴랴이와 니키츠키 대문을 오가며 분주히 움직였고, 저녁 무렵 모든 일을 마쳤다. 마부를 돌려보내고 그는 걸어서 집으로 향했다. 달이 밝은 밤이었다. 장의사는 무사히 니키츠키 문에 다다랐다. 보즈네센스키[5] 성당 근처에서 우리의 친구 유르코가 그를 불러 세웠고, 장의사임을 알아보고는 밤 인사를 건넸다. 이미 늦은 시각이었다. 집 가까이 다가섰을 무렵, 장의사는 누군가가 대문으로 다가가 쪽문을 열고 그 안으로 자취를 감추는 듯한 모습을 보았다.

"이게 무슨 일이람?"

아드리안은 생각했다.

"누가 또 나를 찾는 건가? 설마 도둑이 든 건 아니겠지? 멍청한 내 딸들한테 애인이라도 다녀간 건가? 하, 설마 그럴라고!"

장의사는 친구 유르코를 불러볼까 잠시 망설였다. 바로 그 순간 또 누군가가 쪽문으로 다가와 들어가려다 달려오는 주인을 보고는 멈춰 서서 삼각모를 벗었다. 얼굴이 낯익었지만 아드리안은 서두르느라 자세히 알아보지 못했다.

"저를 찾아오셨나 보군요."

---

5 예수 승천 성당

숨을 헐떡이며 아드리안이 말했다.

"어서 들어가시지요."

"그렇게 격식 차릴 것 없네, 주인 양반."

그가 낮고 둔탁한 목소리로 말했다.

"앞장서게. 손님에게 길을 안내해야지!"

아드리안은 예의를 차릴 겨를도 없었다. 쪽문은 열려 있었고, 그가 계단을 오르자 손님도 그 뒤를 따랐다. 집 안에서는 누군가가 방마다 돌아다니는 듯한 기척이 느껴졌다.

'이거 귀신 곡할 노릇이군!'

그는 이렇게 생각하며 급히 방으로 들어서다…… 다리에 힘이 풀려 그 자리에 주저앉고 말았다. 방은 망자들로 가득 차 있었다. 창문을 통해 스며든 달빛이 그들의 누렇고 푸르스름한 얼굴, 움푹 들어간 입, 흐릿하고 반쯤 감긴 눈, 툭 튀어나온 코를 비추고 있었…… 아드리안은 공포에 질려 그들이 모두 자신이 묻어준 사람들임을 알아보았고, 그와 함께 들어온 손님은 폭우가 내린 날 장례를 치른 여단장이라는 사실을 깨달았다. 남자고 여자고 모두 고개 숙여 인사하며 장의사를 에워쌌다. 단 한 사람, 얼마 전 공짜로 장례를 치른 가난뱅이 사내만이 자신의 누더기 옷을 부끄럽게 여겨 다가서지 못한 채 구석에 조용히 서 있었다. 다른 이들은 모두 품위 있게 차려입고 있었다. 죽은 여인들은 모자를 쓰고 리본을 달았으며, 죽은 관리들은 제복 차림이었으나 수염은 깎지 않은 채였고, 상인들은 명절용 카프탄을 걸치고 있었다.

"보게나, 프로호로프."

여단장이 정직한 일행을 대표해 말했다.

"우리는 자네의 초대에 응해 무덤에서 일어났지. 도저히 움직일 수 없는 자들, 완전히 썩어 가죽 없이 뼈만 남은 자들은 집에 남았네. 그런데 그중 하나가 참지 못하고 자네를 어떻게든 꼭 찾아오고 싶어 하더군…."

바로 그때, 작은 해골 하나가 무리를 비집고 아드리안에게 다가왔다. 그의 두개골은 장의사를 향해 다정하게 미소 지었다. 연한 녹색과 붉은색 헝겊 조각, 낡은 삼베 천 조각들이 막대기에 걸린 듯 해골에 걸쳐 있었고 그의 다리뼈는 커다란 장화 안에서 절구 속 절구공이처럼 덜그럭거렸다.

"나를 알아보지 못하는군, 프로호로프."

해골이 말했다.

"근위대 출신 퇴역 중사 표트르 페트로비치 쿠릴킨을 기억하겠나? 1799년, 자네가 첫 번째 관을 팔았던 사람일세. 그것도 소나무 관을 참나무 관으로 속여서 말이야?"

이 말을 하며 망자는 뼈로 된 팔을 벌려 장의사를 껴안으려 들었다. 그러나 아드리안은 비명을 지르며 그를 힘껏 밀쳐냈고, 표트르 페트로비치는 휘청거리다 넘어져 산산조각이 나고 말았다. 망자들 사이에서 성난 고성이 터져 나왔다. 그들 모두는 동료의 명예를 지키겠다며 아드리안에게 욕설과 협박을 퍼부으며 달려들었다. 고함 소리에 귀가 멍하고 숨이 막힌 우리의 불쌍한 집주인은 끝내 정신을 잃고, 근위대 퇴역 중사의 해골 위로 그대로 쓰러졌다.

태양은 이미 오래전부터 장의사가 누워 있는 침대를 비추고 있었다. 마침내 그는 눈을 뜨고, 눈앞에서 사모바르에 불을 지피고 있는 하녀를 보았다. 아드리안은 공포에 사로잡힌 채 전날의 사건들을 떠올렸다. 트류히나, 여단장, 퇴역 중사 쿠릴킨의 모습이 머릿속에 어렴풋이 떠올랐다. 그는 하녀가 먼저 입을 열어 지난밤 일의 전말을 알려주기를 말없이 기다렸다.

"한참 푹 주무셨어요, 아드리안 프로호로비치, 주인어른."

하녀 악시니야가 그에게 실내복을 건네며 말했다.

"이웃 재봉사가 다녀갔고, 이 지역 순찰관도 들러서 오늘이 구역 관리인 명명 축일이라는 걸 알려주고 갔어요. 그런데 주인님이 깊이 주무시고 계셔서 차마 깨울 수가 없었답니다."

"돌아가신 트류히나 댁에서 누가 오지 않았느냐?"

"돌아가시다니요? 그분이 정말 돌아가시기라도 했어요?"

"이런, 멍청한 것! 어제 내가 그분의 장례식 준비하는 걸 네가 돕지 않았느냐?"

"무슨 말씀이세요, 주인어른? 정신이 이상해지신 거예요, 아니면 어제 드신 술이 아직 덜 깨신 거예요? 어제 장례식이 어땠느냐고요? 하루 종일 독일 사람 집에서 퀀커니 잣거니 하시고는, 인사불성되어 돌아오시자마자 침대에 쓰러지셔서 점심 예배 종소리 울릴 때까지 주무셨잖아요."

"오, 그래 정말이냐?" 장의사는 기쁨에 겨워 말했다.

"그럼요, 분명히요." 하녀가 대답했다.

"음, 그렇다면 어서 차를 내오고, 딸들을 부르거라."

역참지기

> 말단 14등관
> 역참의 독재자
> (말단 14등관이
> 역참의 독재자라네)
> – 바젬스키 공작[1]

그 누가 역참지기를 저주하지 않았겠는가? 그 누가 그들과 다투며 욕설을 퍼붓지 않았겠는가? 그 누가 분노의 순간에 그들의 횡포와 무례함 그리고 태만함에 대한 헛된 불평을 적어 넣기 위해 그들에게 숙명의 장부를 요구하지 않았겠는가? 그 누가 그들을 죽은 말단서기들과 맞먹는 인간말종 혹은 최소한 무롬[2]의 강도들과 같은 무리로 여기지 않았겠는가? 그러나 이제는 공정해지자. 그들의 처지를 이해해 보자. 그러면 아마도, 그들을 훨씬 더 너그럽게 평가하게 될지도 모른다. 대체 역참지기란 무엇인가? 14관등의 진정한 순교자-자신의 관직 덕에 구타만은 겨우 모면하는 존재이다. 그런데 그마저도 항상 그런 것은 아니다.(이 점은 나의 독자들의 양심에 맡긴다) 공작 바젬스키가 농담 삼아 부른 이 독재자의 직책이란 어떤 것인가? 진정한 고역이 아니고 무엇이겠는가? 낮에도 밤에도 휴식

---

1 바젬스키(1792~1878)의 시 「역참」에서 인용한 것.
2 러시아 서부의 도시. 9세기부터 존재가 확인되는 러시아에서 가장 오래된 도시 가운데 하나이다.

이란 없다. 여행객은 지루한 여정에서 쌓이고 쌓인 모든 짜증을 역참지기에게 분풀이한다. 날씨가 고약하고 길은 엉망이고 마부는 고집이 세고, 말들은 제대로 움직이지 않는다―그런데 이 모든 것이 다 역참지기 탓이다. 그의 초라한 집에 들어서며, 여행객은 그를 마치 원수라도 되는 듯 노려본다. 만약 운 좋게 그가 불청객에게서 빨리 벗어날 수 있다면 그나마 다행이다. 그러나 만약 말이 없기라도 하면? 오, 하느님 맙소사! 그의 머리 위로 어떤 욕설과 협박이 쏟아질 것인가? 그는 빗속에서도 질퍽한 진창 속에서도 마당 구석구석을 분주히 뛰어다녀야 한다. 그는 폭풍 속에서도, 주현절의 혹한 속에서도 화가 머리끝까지 난 숙박객들의 고함과 밀침으로부터 잠시라도 숨 돌리기 위해 현관으로 몸을 피해야 한다.

장군이 도착한다. 전전긍긍하는 역참지기는 그에게 마지막 남은 두 필의 삼두마차를 내바친다. 그 속에는 급행용 삼두마차도 들어있다. 장군은 고맙다는 말 한마디 없이 떠나버린다.

5분 후, 방울 소리!

연락병이 나타나 그의 책상 위로 역마권을 내던진다. 이 모든 것을 깊이 들여다보자. 그러면 우리의 가슴은 분노 대신 진정 어린 연민으로 가득 찰 것이다. 몇 마디 더 보태자면, 나는 20년 가까이 러시아 전역을 두루 여행해왔다. 거의 모든 역마길이 나에게 익숙했다. 나는 몇 세대에 걸친 마부들과도 잘 알고 지내는 사이다. 내가 얼굴을 모르거나 거래가 없던 역참지기는 드물었다. 나는 여행에서 얻은 이 호기심 어린 관찰의 저장고를 조만간 한 권의 책으로 엮어낼 생각이다. 지금은 단지 역참지기 계층이 일반의 인식 속에 가장 잘못된 모습으로 소개되어 있다는 것만을 말해 두고 싶다. 이처럼 부당하게 중상모략을 당해온 역참지기들은 대체로 온순하고, 천성이 친절하며, 붙임성이 좋고, 명예에 집착하지도 않고 지나치게 탐욕스럽지도 않다. 여행 중인 신사들은 그들을 하찮게 여기고 무시하는 실수를 종종 범하지만, 그들의 대화 속에는 때로 호기심을 자극하고 교훈이 담긴 내용이 깃들어 있다. 솔직히 말해, 나는 공무로 이동 중인 6등관 관리의 이야기보다 그들과 나누는 담소를 더 좋아한다.

나에게 이 존경받을 만한 역참지기 계층 가운데 친구들이 있으리라는 점은 쉽사리 짐작할 수 있을 것이다. 실제로 그들 중 한 명에 대한 기억은 지금도 내게 더없이 소중하게 남아 있다. 어느 날 어떤 계기로 우리는 가까워졌고, 나는 지금 친애하는 독자 여러분께 그 사람에 대한 이야기를 잠시 하려고 한다.

1816년 5월 나는 *** 현을 지나 지금은 사라진 옛 역마로를 따라 여행을 하고 있었다. 나는 낮은 관등에 있었고, 역마를 갈아타며, 말 두 필 값만 지불하고 다녔다. 그런 까닭에 역참지기들은 나에게 별다른 예를 차리지 않았고 나는 종종 내 생각에 권리라고 여겼던 것들을 싸워서 얻어내야 했다. 젊고 성급했던 나는 이 말단 관리가 나의 몫으로 준비해 둔 삼두마차를 어떤 고관의 마차에 내줄 때면 그의 비열함과 소심함에 격분하곤 했다. 마찬가지로 나는 눈치 빠른 하인이 주지사의 만찬에서 나만 건너뛰어 요리 접시를 들고 지나치는 것에도 한동안 익숙해질 수 없었다. 지금은 이도 저도 다 세상의 당연한 이치로 여겨진다. 사실, 만약 일반적으로 편리한 '관등 순으로 존중하라'는 법칙 대신 이를테면 '지혜 순으로 존중하라'는 원칙이 도입되었다면 우리에게 무슨 일이 벌어졌겠는가? 얼마나 많은 논쟁이 일어났겠는가! 그리고 하인들은 누구에게 먼저 요리를 차려내야 하겠는가? 아무튼 이제 다시 내 이야기로 돌아가자.

날은 무더웠다.

＊＊＊ 역에서 3베르스타쯤 떨어진 곳에서 비가 한두 방울 뚝뚝 떨어지기 시작하더니 순식간에 억수같이 쏟아지는 소나기가 되어 내 마지막 실오라기까지 흠뻑 적셨다. 역참에 도착하자마자 나의 첫 관심사는 서둘러 옷을 갈아입는 것이었고, 두 번째는 차를 청하는 일이었다.

"두냐야!" 역참지기가 소리쳤다.

"사모바르를 올리고 크림을 가져오너라."

이 말에 열네 살쯤 되어 보이는 소녀가 칸막이 너머에서 나와 현관으로 뛰어갔다. 그녀의 아름다움은 나를 놀라게 했다.

"이 아이가 자네 딸인가?" 나는 역참지기에게 물었다.

"딸입니다요." 그는 자못 자부심에 찬 얼굴로 대답했다.

"아주 영리하고 민첩하답니다. 영락없이 죽은 어미를 쏙 빼닮았습지요."

그는 곧 나의 역마권을 장부에 옮겨 적기 시작했고, 나는 그의 소박하지만 깔끔한 처소를 장식하고 있는 그림들을 둘러보았다. 그림들은 탕자의 이야기를 묘사하고 있었다. 첫 번째 그림에는 실내모를 쓰고 실내복 차림을 한 존경스러운 노인이 안절부절못하는 젊은이를 떠나보내는 모습이 그려져 있었다. 젊은이는 아버지의 축복과 돈주머니를 황급히 받아 들고 있었다. 다른 그림에는 선명한 필치로 젊은이의 방탕한 행실이 묘사되어 있다. 그는 거짓된 친구들과 수치를 모르는 뻔뻔한 여자들에 둘러싸여 식탁에 앉아 있었다. 그 다음 장면에서는 모든 재산을 탕진한 젊은이가 누더기를 걸치고 삼각모를 쓴 채 돼지를 치며 먹이를 나누고 있었다. 그의 얼굴에는 깊은 슬픔과 회한이 서려 있었다. 마지막 그림은 그의 귀향 장면이었다. 자애로운 노인은 여전히 예전의 그 실내모와 실내복 차림으로 아들을 향해 달려 나오고 돌아온 탕자는 무릎을 꿇고 있었다. 멀리서는 요리사가 살찐 송아지를 잡고 있고 맏형은 하인들에게 이 기쁨의 까닭을 묻고 있었다. 각 그림 아래에서 나는 장면에 어울리는 독일어 시구들을 읽었다. 지금까지도 이 모든 것이 내 기억 속에 생생하게 남아 있다. 발자민 꽃 화분이며, 알록달록한 휘장이 드리워진 침대며, 그리고 그때 나를 둘러싸고 있던 다른 물건들까지도 마찬가지로.

쉰 살쯤 된 생기 있고 건장한 주인, 빛바랜 리본 위에 세 개의 훈장이 달려 있던 그의 긴 초록색 프록코트도 여전히 눈앞에 선하다. 내가 아직 늙은 마부와 계산을 마치기도 전에 두냐가 사모바르를 들고 돌아왔다. 상냥하고 애교 넘치는 이 작은 요부는 두 번째 눈길 만에 자신이 나에게 어떤 인상을 남겼는지 눈치챘다. 그녀는 커다란 푸른 눈을 내리깔았다. 나는 그녀와 대화를 시작했고 그녀는 사교계를 경험한 처녀처럼 조금의 주저함도 없이 대답했다. 나는 그녀의 아버지에게 펀치 한 잔을 권했고, 두냐에게는 차 한 잔을 건넸다. 그리고 우리는 셋이서 오랜 세월 알고 지낸 사이처럼 이야기를 나누기 시작했다. 말은 이미 오래전에 준비되어 있었지만 나는 역참지기와 그의 딸과 좀처럼 헤어지고 싶지 않았다.

마침내 나는 그들에게 작별을 고했다. 아버지는 내게 평안한 여행을 빌어주었고, 딸은 나를 마차까지 배웅해 주었다. 현관에서 나는 멈춰 서 그녀에게 입맞춤을 해도 되는지 허락을 구했다. 두냐는 승낙했다. 내가 입맞춤을 알게 된 이래로 내 생애 수많은 입맞춤이 있었지만 그 어떤 것도 이토록 오랫동안, 이토록 기분 좋은 기억을 남기지는 못했다.

몇 해가 흐른 뒤, 나는 다시 그 역마길, 바로 그 고장을 지나게 되었다. 나는 늙은 역참지기의 딸을 떠올렸고 그녀를 다시 보게 되리라는 생각에 가슴이 설렜다.

그러나 아마도 늙은 역참지기가 이미 다른 이로 바뀌었거나 두냐가 벌써 시집을 갔을지도 모른다는 생각이 들었다. 그들 중 누군가, 어쩌면 둘 다 세상을 떠났을지도 모른다는 생각도 머릿속을 스쳐 지나갔다. 나는 슬픈 예감 속에 ***역으로 다가갔다.

말들은 역참 숙소 앞에 멈춰 섰다. 방 안으로 들어서자마자 나는 탕자의 이야기를 그린 그림들을 단번에 알아보았다. 식탁과 침대는 여전히 예전 그 자리에 있었다. 그러나 창가에는 더 이상 꽃이 심긴 화분이 없었고, 주변 모든 것이 낡고 방치되어 있다는 인상이 역력했다.

역참지기는 털 외투를 덮고 잠들어 있었다. 내가 도착하자 그는 잠에서 깨어 몸을 일으켰다. 삼손 브이린이 분명했다. 그러나 얼마나 늙었던지! 그가 내 역마권을 옮겨 적는 동안 나는 그의 백발과 오랫동안 면도를 하지 않아 꺼칠한 얼굴에 팬 깊은 주름과 구부정한 등을 바라보며 불과 3, 4년이라는 세월이 어떻게 활기찬 한 사내를 이토록 허약한 노인으로 바꿀 수 있었는지 놀라지 않을 수 없었다.

"자네 나를 알아보겠는가?"

내가 물었다.

"우리는 오랜 벗이지 않나."

"그럴지도 모르지요."

그가 우울한 목소리로 대답했다.

"이곳은 큰길가라, 많은 여행객들이 제 집을 다녀갔지요."

"자네 딸 두냐는 잘 지내나?"

나는 계속 물었다. 노인은 얼굴을 찌푸렸다.

"하느님만이 아실 일이지요." 그가 대답했다.

"그렇다면 시집을 간 모양이군?"

노인은 내 질문을 못 들은 척하더니, 낮게 중얼거리며 내 역마권을 계속 읽어 내려갔다. 나는 더 이상 묻지 않고, 차를 준비하라고 일렀다. 호기심이 점점 나를 괴롭히기 시작했고, 나는 펀치 한 잔이 내 오랜 벗의 혀를 풀어주기를 바랐다.

나는 틀리지 않았다. 노인은 내가 권한 술잔을 사양하지 않았다. 럼주가 그의 우울한 기분을 풀어준 듯했다. 두 번째 잔에 그는 나를 기억해냈는지, 아니면 기억이 난 척하는지는 몰라도 말문이 트였고 나는 마침내 당시 나를 떨리게 사로잡았던 그 이야기를 듣게 되었다.

"그럼 나리께선 우리 두냐를 아셨단 말이지요?" 그가 이야기를 시작했다.

"그 애를 몰랐던 사람이 어디 있었겠습니까? 아, 두냐, 두냐! 참말로 귀한 아이였지요! 지나는 사람마다 칭찬뿐이었지, 나무라는 법이 없었어요. 귀부인들은 늘 뭔가를 선물로 주곤 했는데, 어떤 이는 손수건을, 또 어떤 이는 귀걸이를 건네주었지요. 여행 중이던 신사분들은 마치 점심이나 저녁을 먹으려는 것처럼 들르곤 했지만 실은 두냐를 좀 더 오래 바라보고 싶어서였어요. 아무리 화가 난 나리라도 그 아이 앞에선 순해졌고 제게도 다정하게 말을 건넸습니다. 거짓말이 아니에요, 나리. 급사들이나 전령들까지도 그 애와는 반 시간이고 한참씩 수다를 떨곤 했습니다. 집안이 다 그 애 덕에 돌아갔지요. 집 치우는 일이건 음식 만드는 일이건 뭐든지 척척 잘 해냈습니다. 그리고 저는, 이 늙은 바보는 그 아이를 아무리 봐도 질리지 않았고 아무리 기뻐해도 모자랄 지경이었지요. 제가 제 두냐를 사랑하지 않았겠습니까? 제가 제 자식을 애지중지하지 않았겠습니까? 그 아이한테 부족한 게 있었겠습니까? 하지만 불행은 피할 수 없는 법이지요. 운명이란 피할 수 없는 것이니까요."

그러면서 그는 차분히 자신의 슬픔을 털어놓기 시작했다. 3년 전 겨울 어느 저녁, 역참지기는 새 장부에 줄을 긋고 있었고, 두냐는 칸막이 뒤에서 자기 옷을 바느질하고 있었다. 그때 삼두마차 한 대가 도착했고, 체르케스 털모자에 군용 외투를 입은 여행자가 숄을 두른 채 방으로 들어와 말을 요구했다. 말은 한 마리도 남아 있지 않았다. 이 말을 들은 여행자는 언성을 높이며 채찍을 번쩍 들어 올렸다. 그러나 이런 장면에 익숙한 두냐가 칸막이 뒤에서 달려 나와 상냥하게 다가가 "무엇이라도 좀 드시겠어요?" 하고 물었다. 두냐의 등장은 언제나 그렇듯 같은 효과를 냈다. 여행객의 분노는 누그러졌고, 그는 말을 기다리기로 하며 저녁 식사를 주문했다. 축축한 털모자를 벗고 숄을 풀고 군용 외투를 벗자, 그는 젊고 늘씬한, 검은 콧수염을 기른 경기병이었다. 그는 역참지기 옆에 자리를 잡고 주인과 그의 딸과 유쾌하게 이야기를 나누기 시작했다. 저녁 식사가 나왔다. 그 사이 말들이 도착했고, 역참지기는 말들에게 먹이를 주지 말고 곧장 여행객의 마차에 매라고 지시했다. 그러나 돌아와 보니 젊은이는 거의 정신을 잃은 채 긴 의자에 누워 있었다. 두통과 어지러움으로 도저히 떠날 수 없는 상태였다. 방법이 없었다! 역참지기는 그에게 자기 침대를 내주었고, 만일 아침까지 차도가 없으면 S*** 마을로 의사를 부르러 사람을 보내기로 했다.

다음 날 경기병의 상태는 한층 더 악화되었다. 그의 하인은 말을 타고 의사를 데리러 떠났다. 두냐는 식초에 적신 손수건으로 그의 머리를 감싸주고는 바느질감을 들고 그의 침대 곁에 앉았다. 환자는 역참지기 앞에서는 신음만 할 뿐 거의 아무 말도 하지 않았지만, 그래도 커피를 두 잔이나 마셨고 앓는 소리를 내면서도 점심을 주문했다. 두냐는 그의 곁을 떠나지 않았다. 그는 쉴 새 없이 마실 것을 청했고 두냐는 그때마다 자신이 직접 만든 레몬수를 한 잔씩 따라 건네주었다. 환자는 입술만 축이고는 잔을 돌려줄 때마다 힘없는 손으로 두냐의 손을 잡으며 감사의 뜻을 전했다. 점심 무렵, 의사가 도착했다. 그는 환자의 맥을 짚고 독일어로 몇 마디 나누더니 러시아어로 환자에게 안정을 취하는 것이 필요하며 이틀쯤 지나면 길을 떠날 수 있을 것이라고 단언했다. 경기병은 왕진료로 25루블을 건넸고 의사를 점심 식사에 초대했다. 의사는 흔쾌히 응했다. 두 사람은 왕성한 식욕으로 포도주까지 한 병 비운 뒤, 서로에게 대단히 만족해하며 헤어졌다.

하루가 더 지나자 경기병은 완전히 회복되었다. 그는 무척 명랑했고, 잠시도 입을 다물지 않고 두냐 아니면 역참지기에게 농담을 건넸다. 그는 휘파람으로 노래를 흥얼거리기도 하고 지나가는 여행객들과 대화를 나누며 그들의 역마권을 직접 장부에 옮겨 적기도 했다. 사람 좋은 역참지기는 그를 무척 좋아하게 되었고, 셋째 날 아침이 되자 자기 집에 머물던 정든 손님과 헤어지는 것이 섭섭하기까지 했다. 그날은 일요일이었다. 두냐는 미사에 갈 채비를 하고 있었다. 경기병의 마차는 이미 준비되어 있었다. 그는 역참지기에게 숙박비와 식비를 후하게 지불한 뒤 작별 인사를 했다. 그는 두냐에게도 작별을 고하며 그녀를 마을 끝에 있는 교회까지 태워다 주겠다고 자청했다. 두냐는 망설이며 서 있었다….

"뭘 그리 겁을 내니?"

아버지가 말했다.

"고관 나리가 늑대도 아니고 널 잡아먹을 것도 아니잖니. 교회까지 타고 가거라."

두냐는 경기병 옆자리에 올라탔고 하인은 마부 옆자리로 뛰어올랐다. 마부가 휘파람을 불자 말들이 달려 나갔다. 불쌍한 역참지기는 자신이 어쩌다 두냐가 경기병과 함께 떠나는 것을 스스로 허락했는지, 어쩌다 눈이 멀게 되었는지, 자신의 머리에 무슨 일이 일어난 것인지 도무지 알 수가 없었다. 반 시간도 지나지 않아 가슴이 아릿하고 저려오기 시작했고, 불안이 그를 사로잡아 더는 참을 수 없게 되었다. 결국 그는 직접 미사에 가보기로 했다. 교회에 가까이 이르렀을 때, 그는 사람들이 이미 흩어지고 있는 모습을 보았다. 하지만 두냐는 교회 울타리 안에서도 현관에서도 보이지 않았다. 그는 다급히 교회 안으로 들어갔다. 사제는 성소에서 막 나오고 있었고, 부제는 촛불을 끄고 있었다. 두 노파만이 구석에 앉아 아직 기도를 올리고 있었다. 그러나 두냐는 교회 안에 없었다. 가엾은 아버지는 간신히 용기를 내어 부제에게 딸이 미사에 왔는지를 물었다. 부제는 그녀가 오지 않았다고 대답했다. 역참지기는 산송장이 다 되어 집으로 돌아왔다. 이제 그에게 남은 희망은 단 하나뿐이었다. 두냐가 젊은 치기로 그녀의 대모가 사는 다음 역까지 가보려는 마음을 먹었을지도 모른다는 것이었다. 그는 고통스러운 불안 속에서 딸을 태워 보낸 그 마차가 돌아오기를 기다렸다. 마부는 오지 않았다. 마침내 저녁 무렵이 되어서야, 마부는 술에 취해 두냐가 그 역에서 더 멀리 경기병과 함께 가버렸다는 끔찍한 소식을 가지고 혼자 돌아왔다.

노인은 자신의 불행을 견디지 못했다. 그날로 그는 전날 젊은 사기꾼이 누워 있던 그 침대에 앓아눕고 말았다.

이제 역참지기는 모든 상황을 되짚어 보며 젊은이의 병이 꾀병이었음을 서서히 깨닫게 되었다. 가엾은 아버지는 심한 열병을 앓게 되었고, S*** 시로 보내졌으며, 그의 자리는 임시로 다른 이에게 맡겨졌다. 그때 경기병을 치료했던 바로 그 의사가 이번에도 그의 진료를 맡았다. 그는 역참지기에게 그 젊은이는 완전히 건강했으며, 자기는 당시에도 이미 그 인간의 사악한 의도를 알아차렸지만 그의 채찍이 무서워 입을 열 수 없었다고 말했다. 독일인이 진실을 말했건 아니면 단지 자신의 선견지명을 자랑하고자 했건 간에 그의 말은 불쌍한 환자에게 아무런 위로도 되지 못했다. 병에서 겨우 회복되자마자 역참지기는 S*** 시의 우편국장에게 두 달간의 휴가를 신청해 승낙을 받았고, 아무에게도 자신의 계획을 알리지 않은 채 걸어서 딸을 찾아 길을 떠났다. 그는 역마권을 통해 기병 대위 민스키가 스몰렌스크에서 페테르부르크로 향했다는 사실을 알고 있었다. 민스키를 태웠던 마부는, 두냐가 가는 내내 울고 있었지만, 어쩐지 스스로 원해서 떠나는 사람처럼 보였다고 말했다.

"어쩌면."

역참지기는 생각했다.

"내 길 잃은 양을 집으로 데려올 수 있을지도 모르지."

이런 생각을 품고 그는 페테르부르크에 도착했고, 이즈마일로프 연대 출신의 옛 동료, 퇴역 하사관의 집에 머물며 수소문을 하기 시작했다. 그는 얼마 지나지 않아 기병 대위 민스키가 페테르부르크에 와 있고 데무트 여관에 묵고 있다는 사실을 알아냈다. 역참지기는 그를 직접 찾아가기로 마음먹었다.

이른 아침, 그는 민스키의 현관으로 가서 한 늙은 병사가 각하를 뵙고 싶어 한다고 전해달라는 부탁을 했다. 군복 차림의 하인은 구둣골에 구두를 끼워 닦으며 주인님은 아직 주무시며 11시 전에는 누구도 만나지 않는다고 말했다. 역참지기는 물러났다가 정해진 시간에 다시 여관을 찾았다. 민스키가 실내복 차림에 붉은 실내용 모자를 쓴 모습으로 직접 나타났다. 그는 노인에게 물었다.

"여보게, 무슨 용건인가?"

노인은 가슴이 북받쳐 올랐다. 두 눈에 눈물이 핑 돌았다. 그는 떨리는 목소리로 간신히 입을 열었다.

"각하… 부디 자비를 베풀어 주십시오…."

민스키는 그를 재빨리 바라보더니 얼굴을 붉히고, 그의 손을 잡아 서재로 데려가 문을 잠갔다.

"각하."

노인은 말을 이었다.

"수레에서 떨어진 것은 잃어버린 것이나 다름없습니다. 부디 가엾은 제 딸 두냐만 돌려주십시오. 이미 충분히 즐기셨으니 제발 공연히 그 아이를 망치지 말아 주십시오."

"이미 일어난 일을 되돌릴 수는 없네."

젊은이는 극도로 당황하여 말했다.

"내가 자네에게 죄를 지었고 진심으로 용서를 구하네. 하지만 두냐를 버릴 거라고 생각하진 말게. 그녀는 행복해질 걸세. 내 명예를 걸고 맹세하네. 자네는 왜 그녀를 다시 데려가려 하는 건가? 그녀는 나를 사랑하고, 예전의 삶에서 멀어졌어. 자네도 그녀도 모두 일어난 일을 잊을 수는 없을 걸세."

그러고는 그는 노인의 소매 안으로 무언가를 밀어 넣고 문을 열었다. 역참지기는 자신이 어떻게 나왔는지도 기억하지 못한 채 거리에 나와 있었다.

그는 한동안 미동도 없이 서 있었다. 마침내 소맷부리 안에서 종이 뭉치를 발견하고 꺼내 보니 구겨진 5루블, 10루블짜리 지폐 몇 장이었다. 두 눈에 다시 눈물이 고였다. 분노의 눈물이었다! 그는 종이 쪼가리들을 구겨 움켜쥐고 땅바닥에 내던진 뒤 신발 뒷굽으로 짓밟아버렸다. 그리고 걸음을 내디뎠다. 몇 걸음쯤 가다 멈춰 서서 잠시 생각하더니… 이내 발길을 돌렸다. 그러나 지폐는 이미 사라지고 없었다. 한껏 차려입은 젊은이가 그를 보고는 마부에게 달려가 황급히 마차에 올라타며 소리쳤다.

"가자!……."

역참지기는 그를 뒤쫓지 않았다. 그는 자신의 역참으로 돌아가기로 마음먹었다. 하지만 그전에, 가엾은 딸 두냐를 단 한 번만이라도 다시 보고 싶었다. 이틀 뒤, 그는 다시 민스키의 집을 찾았다. 그러나 군복 차림의 하인은 주인어른이 아무도 만나지 않겠다고 하셨다며 그를 거칠게 현관에서 밀쳐내고 문을 쾅 닫아버렸다.

역참지기는 한동안 그 자리에 서 있다가 결국 발걸음을 옮겼다.

바로 그날 저녁, 그는 모든 슬퍼하는 이들의 성모 성당에서 예배를 드린 뒤 리체이니 거리를 따라 천천히 걷고 있었다. 그때 갑자기 호사스러운 마차 한 대가 그를 빠르게 앞질러 지나갔고, 역참지기는 그 안에 탄 민스키를 알아보았다. 마차는 삼층 짜리 건물 입구 앞에 멈춰 섰고, 경기병은 황급히 현관 계단을 뛰어 올라갔다. 그 순간, 한 가지 기지가 역참지기의 머릿속에서 번뜩였다. 그는 돌아서서 마부 곁으로 다가가 물었다.

"이 말, 누구 겁니까? 민스키 각하의 것인가요?"

"맞습니다." 마부가 대답했다.

"그런데, 무슨 용건이 있어요?"

"당신 주인어른께서 두냐에게 쪽지를 전하라고 맡기셨는데, 그 분이 어디 사는지를 깜빡 잊었네요."

"바로 여기요, 2층입니다. 그런데 늦었군요, 쪽지를 가져온 게. 벌써 주인어른이 그녀에게 와 계시니까요."

"괜찮소."

역참지기는 설명할 수 없는 가슴 속 동요를 느끼며 대답했다.

"알려줘서 고맙소. 그래도 내 할 일은 해야지요."

그는 그렇게 말하고 계단을 올라갔다.

문은 닫혀 있었다. 그는 초인종을 눌렀다. 참기 힘든 기다림 속에 몇 초가 흘러갔다. 열쇠가 덜컥거리는 소리가 나더니 문이 열렸다.

"여기 아브도치야 삼소노브나가 계신가요?" 그가 물었다.

"계시는데요." 젊은 하녀가 대답했다.

"왜 찾으시죠?"

역참지기는 아무 대꾸도 하지 않은 채 거실 안으로 성큼 들어섰다.

"안 돼요, 안 돼요!"

그 뒤를 따라오며 하녀가 소리쳤다.

"아브도치야 삼소노브나께 손님이 와 계시거든요."

하지만 역참지기는 아랑곳하지 않고 안으로 걸어 들어갔다. 앞의 두 방은 어두웠고, 세 번째 방에는 불이 켜져 있었다. 그는 열린 문가에 다가가 걸음을 멈추었다.

아름답게 정돈된 방 안에 민스키가 생각에 잠긴 채 앉아 있었다. 두냐는 당시 유행하는 화려한 옷차림으로 민스키가 앉은 안락의자 팔걸이에, 마치 영국식 안장 위에 앉은 여성 기수처럼 몸을 기댄 채 있었다. 그녀는 반짝이는 손가락으로 민스키의 검은 곱슬머리를 감아 올리며 다정하게 그를 바라보고 있었다. 불쌍한 역참지기! 딸이 이토록 아름다워 보인 적이 없었다. 그는 자신도 모르게 그녀를 황홀히 바라보았다.

"거기 누구세요?"

그녀가 고개를 들지 않은 채 물었다. 그는 말없이 서 있었다. 대답이 없자 두냐는 고개를 들었다… 그리고 비명을 지르며 카펫 위로 쓰러졌다. 놀란 민스키가 그녀를 안아 일으키려고 달려들다가 문가에 서 있는 늙은 역참지기를 알아보고는 두냐를 그대로 둔 채 분노에 몸을 떨며 그에게 다가갔다.

"뭘 원하는 거요?"

그는 이를 악물며 말했다.

"왜 도둑처럼 나를 쫓아다니는 거요? 왜, 나를 찌르기라도 할

작정인가? 당장 꺼지시오!"

그리고는 노인의 옷깃을 움켜쥐고 계단으로 밀쳐냈다.

노인은 자기 처소로 돌아왔다. 친구는 그에게 고소하라고 조언했지만 역참지기는 잠시 생각하더니 손을 내젓고는 포기하기로 마음먹었다. 이틀 뒤 그는 페테르부르크를 떠나 자신의 역참으로 돌아가 예전처럼 직무를 다시 시작했다.

"두냐 없이 살아온 지, 그 아이 소식을 전혀 듣지 못한 지도 벌써 3년째입니다."

그는 말을 맺었다.

"살아 있는지, 죽었는지 하느님만이 아시겠지요. 세상엔 별일이 다 일어나니까요. 지나가던 바람둥이에게 홀려 잠시 함께 지내다 버려지는 여자가 그 아이가 처음도 마지막도 아니지요. 멍청하고 철없는 어린 것들이 페테르부르크에는 넘쳐난답니다. 오늘은 비단과 벨벳을 걸치고 있지만 내일이면 술집 부랑자들과 함께 거리를 쓸고 있을 수도 있지요. 어쩌다 두냐도 그렇게 망가지고 있을지 모른다는 생각이 들면 나도 모르게 죄를 짓고 맙니다. 차라리 그 애가 무덤 속에나 있기를, 그렇게 바라게 되니까요…."

이것이 내 친구, 늙은 역참지기의 이야기였다. 이야기는 여러 차례 눈물로 중단되었고, 그는 그때마다 드미트리예프의 아름다운 발라드 속 부지런한 테렌치치[3]처럼 자신의 외투 자락으로 그림처럼 눈물을 훔쳤다. 그 눈물은 이야기하는 내내 그가 들이킨 다섯 잔의 펀치 때문이기도 했겠지만 어쨌든 내 마음을 깊이 울렸다. 그와 헤

---

3   드미트리예프(1760~1837)의 발라드 「캐리커처」에 나오는 등장인물.

어진 뒤에도 나는 오랫동안 역참지기를 잊을 수 없었다. 그리고 오래도록 가엾은 두냐를 생각했다….

얼마 전, *** 마을을 지나던 중 문득 내 친구가 떠올랐다. 알아보니, 그가 관리하던 역참은 이미 사라졌다고 했다. "늙은 역참지기는 아직 살아 있습니까?"라는 나의 물음에, 누구도 만족할 만한 대답을 해주지 못했다. 나는 익숙한 그곳을 다시 한 번 찾아가 보기로 마음먹고, 자비로 말을 빌려 N 마을로 향했다.

때는 가을이었다. 잿빛 구름이 하늘을 뒤덮고 있었고, 추수가 끝난 들판에서 불어오는 찬 바람이 길가 나무의 붉고 노란 나뭇잎들을 흩날리고 있었다. 나는 해가 질 무렵 마을에 도착해 역참 집에 머물렀다.(언젠가 가엾은 두냐가 내게 입을 맞췄던) 그 문간에서 뚱뚱한 아낙이 나와, 늙은 역참지기는 1년 전에 세상을 떠났고, 그 집에는 맥주 양조업자가 살고 있으며 자신은 그 사람의 아내라고 했다. 나는 헛된 여행길과 허비한 7루블이 아깝게 느껴졌다.

"그 양반은 어쩌다 죽었소?"

내가 맥주 양조업자의 아내에게 물었다.

"술에 빠져 죽었지요, 나리."

그녀가 대답했다.

"무덤은 어디에 있소?"

"마을 어귀 너머, 돌아가신 그의 아내 곁이에요."

"그의 무덤까지 데려다줄 수 있겠소?"

"왜 안 되겠어요. 이봐, 반카! 고양이랑 장난질 그만하고 이 나리 좀 묘지까지 모셔다드려라. 그리고 역참지기 무덤도 가르쳐 드려."

이 말에 적갈색 머리에 누더기를 입은 한 사팔뜨기 소년이 내게 달려오더니 곧장 마을 밖으로 나를 이끌었다.

"너 돌아가신 분을 알고 있었니?"

가는 길에 내가 물었다.

"어떻게 몰라요! 제게 피리 깎는 법도 가르쳐 주셨는데요.(하늘에서 편히 쉬시길요!) 술집에서 나오실 때 우리가 따라가면서 '할아버지, 할아버지, 호두 좀요!' 그러면 우리에게 호두를 나눠 주셨어요. 늘 우리랑 놀아 주셨어요."

"지나가는 손님들 중에 그 할아버지를 기억하는 사람도 있었니?"

"네. 근데 요즘은 손님이 거의 없어요. 어쩌다 지방 관리가 들르긴 하지만 죽은 사람에겐 관심이 없지요. 이번 여름에 어떤 귀부인이 지나가셨는데 그 부인이 역참지기 할아버지에 관해 물으시고 무덤에도 다녀가셨어요."

"어떤 귀부인이었는데?"

나는 호기심이 일어 물었다.

"아주 아름다운 귀부인이었어요."

소년이 대답했다.

"말 여섯 마리가 끄는 마차를 타고 오셨는데 어린 도련님 셋하고 유모, 그리고 검은 강아지도 함께였어요. 그런데 역참지기 할아버지가 돌아가셨다고 하니까 그만 울음을 터트리시더니 아이들에게 '얌전히 있어, 엄마는 묘지에 다녀올게'라고 하셨어요. 제가 안내해 드리겠다고 했더니, 귀부인께서는 '길은 내가 안다'라고 하셨어요. 그리고는 제게 은화 5코페이카를 주셨답니다. 아주 친절한 분이셨어요!"

우리는 공동묘지에 도착했다. 울타리 하나 없이 황량한 벌판에 나무 십자가들만 드문드문 박혀 있었고, 작은 나무 한 그루조차 없는 쓸쓸한 곳이었다. 나는 태어나서 그렇게 슬픈 묘지는 처음 보았다.

"여기가 역참지기 할아버지 무덤이에요."

소년은 구리 성상이 달린 검은 십자가가 꽂혀 있는 모래 더미 위로 폴짝 뛰어 올라섰다.

"귀부인도 여길 왔었니?"

내가 물었다.

"왔었죠."

반카가 대답했다.

"전 멀리서 부인을 바라보고 있었어요. 부인은 여기 이 자리에 누워서 한참이나 그대로 있었어요. 그리고 마을로 가서서 신부를 부르시고 돈을 건네신 뒤 떠나셨어요. 저한테도 은화 5코페이카를 주셨답니다. 정말 좋은 부인이셨어요!"

나는 그 아이에게 5코페이카 은화를 주었고, 더 이상 이 여행과 또 여행에 허비한 7루블을 후회하지 않았다.

귀족 아가씨 - 시골 아가씨

> 두셴카, 너는 어떤 옷을 입어도 아름답구나.
> - 보그다노비치[1]

우리 외딴 지방 중 한 곳에 이반 페트로비치 베레스토프의 영지가 있었다. 그는 젊은 시절 근위대에서 복무했으며 1797년 초에 퇴역하여 시골로 내려온 뒤 그 후로는 그곳을 떠난 적이 없었다. 그는 가난한 귀족 여성과 결혼했으나 그가 멀리 외지에 있는 동안 아내는 출산 중에 세상을 떠났다. 영지 관리가 곧 그의 위안이 되었다. 그는 자신의 설계대로 집을 지었고, 모직 공장을 세워 수입을 세 배로 늘렸으며 그 근방에서 자신이 가장 영리한 사람이라고 여겼는데, 이에 대해 가족과 개들을 데리고 찾아오는 이웃들은 그와 다투지 않았다. 그는 평일에는 벨벳 재킷을 걸치고, 명절에는 집에서 짠 모직으로 만든 서투크[2]를 입었다. 직접 지출을 기록하고, 〈원로원 통보〉[3] 외에는 아무것도 읽지 않았다. 사람들은 대체로 그를 좋아했지만, 다소 거만하다고 여기기도 했다. 단 한 사람, 그와 가장 가까운 이웃인 그리고리 이바노비치 무롬스키만이 그와 사이가 나빴다. 그는 진정한 러시아 지주였다. 모스크바에서 재산 대부분을 탕진하고

---

1 18세기 시인 보그다노비치(1743~1803)의 교훈적 장시 「두셴카」에서 인용한 것.
2 19세기 러시아 귀족이 공식 행사에서 입던 긴 정장 외투.
3 러시아 제국의 공식 행정 소식을 전하는 간행물.

홀아비가 된 그는 마지막 시골 영지로 떠났으며, 그곳에서도 무모한 짓을 계속했지만 이번에는 이미 새로운 방식으로였다. 그는 영국식 정원[4]을 가꾸는 데 남은 수입을 거의 다 써버렸다. 그의 마부들은 모두 영국 경마 기수 차림이었다. 그의 딸에게는 영국인 가정교사가 붙어 있었고 그는 자신의 밭도 영국식으로 경작했다.

그러나 러시아 곡식은 외국식으로는 자라지 않는다.[5]

지출이 눈에 띄게 줄었음에도 그리고리 이바노비치의 수입은 늘지 않았다. 그는 시골에서도 새로운 빚을 지는 방법을 찾아냈다. 이 모든 것에도 불구하고 그는 어리석은 사람으로 여겨지지 않았는데, 그 이유는 바로 그가 현에서 영지를 '후견위원회'[6]에 저당 잡히는 묘책을 가장 먼저 고안해낸 지주였기 때문이다. 이는 당시로서는 꽤나 복잡하고 대담한 수법이었다. 그를 비난하는 이들 중 베레스토프가 가장 엄격하게 평가했다. 새로운 것에 대한 증오는 그의 성격에서 두드러진 특징이었다. 그는 자기 이웃의 영국병에 대해 무심하게 말할 수 없었으며, 틈만 나면 무롬스키를 비난할 기회를 찾아냈다. 자신의 영지를 손님들에게 보여주면서 경영을 칭찬받을 때면 그는 이렇게 대답했다. "그렇지요."-그는 교활한 미소를 지으며 말했다.

---

4 18~19세기 유럽에서 유행한 자연주의 조경 스타일로, 러시아 귀족들 사이에서 서구 문화를 과시하는 수단이었다.
5 샤호프스코이의 풍자시에서 인용한 것.
6 19세기 러시아에서 귀족의 재산을 관리하고 담보 대출을 제공하던 국가 기관.

"나는 이웃 그리고리 이바노비치처럼 하지는 않습니다. 우리가 어찌 영국식으로 망하겠습니까! 러시아식으로 배부르면 족하지요." 이와 같은 농담들은 이웃들의 열성으로 설명과 과장이 덧붙여져 그리고리 이바노비치에게까지 전해지곤 했다. 우리네 기자들처럼 영국광은 비판을 견디지 못했다. 무롬스키는 격분하며 자신을 비난하는 이들을 곰이나 촌놈이라고 불렀다.

두 지주 사이의 관계가 이러할 때, 베레스토프의 아들이 시골로 내려왔다. 그는 *** 대학에서 교육을 받고 군 복무를 계획하고 있었으나, 아버지는 이에 동의하지 않았다. 젊은이는 자신이 문관 근무에는 전혀 재능이 없다고 느끼고 있었다. 부자는 서로 양보하지 않았고, 젊은 알렉세이는 만일의 경우를 위해 콧수염을 기르며 당분간 지주로 살고 있었다.

알렉세이는 실로 훌륭한 청년이었다. 그가 늘씬한 몸에 군복을 차려입고 말 위에서 자태를 뽐내는 대신 사무실 서류 더미에 파묻혀 청춘을 보내야 했다면 참으로 안타까운 일이었을 것이다. 그가 사냥터에서 길을 가리지 않고 언제나 맨 앞장서 내달리는 모습을 본 이웃들은 한목소리로 알렉세이는 절대로 제대로 된 서기가 될 수 없을 것이라 말했다. 귀족 아가씨들은 그를 곁눈질로 바라보았고 어떤 이는 넋을 놓고 바라보았다. 그러나 알렉세이는 그들에게 별다른 관심을 두지 않았고, 아가씨들은 그의 무심함이 사랑에 빠진 탓이라고 생각했다. 실제로 그의 편지 중 하나에서 다음과 같은 주소가 베껴져 사람들 사이로 퍼져나갔다. 〈모스크바 알렉세이 수도원 건너편, 대장장이 사벨레프의 집, 아쿨리나 페트로브나 쿠로치키나 앞으로, 삼가 이 편지를 A. N. R.에게 전해주시길 정중히 부탁드립니다.〉

나의 독자 중에 시골에 살아보지 못한 사람들은 이 지방 귀족 아가씨들의 매력을 상상조차 할 수 없을 것이다. 맑은 공기 속, 정원의 사과나무 그늘 아래에서 자란 이들은 세상과 삶에 대한 지식을 오직 책을 통해 얻는다. 고독과 자유, 그리고 독서는 어린 시절부터 그들 안에 도시의 산만한 미인들이 알지 못하는 감정과 열정을 키워 낸다. 귀족 아가씨들에게 마차의 방울 소리는 이미 모험이 되고, 인근 도시로의 외출은 인생의 큰 사건이며, 손님의 방문은 오래도록, 때로는 영원히 잊지 못할 추억이 된다. 물론 누구나 그들의 기이한 점을 비웃을 수는 있지만, 피상적인 관찰자가 던지는 농담이 그들의 본질적인 가치를 없앨 수는 없다. 그 가치 중 가장 중요한 것은 성격의 독특함, 즉 개성[7]인데, 장 폴[8]에 따르면 이것 없이는 인간의 위대함도 있을 수 없다. 수도에 사는 여성들은 아마도 더 나은 교육을 받을 것이다. 그러나 사교계에 익숙해지면 그들의 성격은 평범해지고, 영혼마저 머리 장식처럼 한결같이 단조로워진다. 이 말은 비난이나 판단을 위한 것이 아니다. 다만 '우리의 지적은 여전히 유효하다[9]'라고 한 옛 주석가의 말을 빌려 여전히 짚고 넘어갈 뿐이다.

　　알렉세이가 우리 귀족 아가씨들 사이에 어떤 인상을 남겼을지는 쉽게 상상할 수 있다. 그는 음울하고 환멸에 찬 모습으로 그들 앞에 처음 나타난 사람이었고, 그들에게 잃어버린 기쁨과 시들어버린 청춘에 대해 이야기한 최초의 인물이었다. 게다가 그는 해골 문양이 있는 검은 반지를 끼고 있었다. 이 모든 것이 이 지방에서는 대단히

7　원문의 프랑스어는 individualité.
8　장 폴(1763~1825). 독일의 낭만주의 작가.
9　원문의 라틴어는 Nota nostra manet.

새로운 일이었다. 귀족 아가씨들은 그에게 얼이 빠져 있었다.

그러나 그 누구보다도 가장 푹 빠진 이는 우리 영국광의 딸, 리자(또는 그리고리 이바노비치가 늘 부르던 대로 베시)였다. 젊은 이웃 아가씨들은 모두 그에 관한 이야기로 떠들썩했지만, 두 집안의 아버지들이 서로 왕래하지 않아서 그녀는 아직 알렉세이를 보지 못했다. 그녀는 열일곱 살이었다. 검은 눈동자가 그녀의 가무잡잡하면서도 매우 사랑스러운 얼굴을 생기 있게 빛내주었다. 그녀는 외동딸이었고, 그래서 응석받이로 자랐다. 그녀의 장난기와 끊임없는 소동은 아버지를 기쁘게 해 주었지만, 그녀의 가정교사인 미스 잭슨을 절망에 빠뜨렸다. 미스 잭슨은 마흔 살이 넘은 고지식한 노처녀였다. 분을 바르고 눈썹을 칠하며 일 년에 두 번 『파멜라』[10]를 되풀이해 읽고 그 대가로 2,000루블을 받았고, 이 야만적인 러시아에서 지루함에 죽어가고 있었다.

나스챠가 리자를 돌보고 있었다. 그녀는 나이가 조금 더 많았지만, 주인 아가씨만큼이나 장난기가 많았다. 리자는 그녀를 매우 좋아해서 모든 비밀을 털어놓았고, 함께 장난을 꾸미곤 했다. 한마디로, 나스챠는 프릴루치노 마을의 프랑스 비극에 나오는 어떤 심복보다 훨씬 중요한 인물이었다.

"오늘 외출 좀 허락해 주세요."

어느 날 리자의 옷을 입혀 주던 나스챠가 말했다.

"좋아, 그런데 어디 가려고?"

"투길로보에요, 베레스토프 댁에요. 거기 요리사 부인이 오늘

---

10 『파멜라』(1740)는 영국 작가 리처드슨(1689~1761)의 감상주의 소설.

명명일인데, 어제 우리를 점심에 초대하러 왔었어요."

"저런!" 리자가 말했다.

"주인들은 다투는데, 하인들은 서로 대접하네."

"주인들 싸움이 우리하고 무슨 상관이에요." 나스챠가 대꾸했다.

"게다가 저는 아가씨 하녀지, 주인어른 하녀가 아니잖아요. 아가씨는 아직 젊은 베레스토프와 다투신 적도 없잖아요. 노인들은 싸우게 놔두세요, 그게 재미있다면야."

"그러면 나스챠, 가서 알렉세이 베레스토프 씨를 잘 보고 와서 그가 어떻게 생겼는지, 어떤 사람인지 자세히 이야기 좀 해줘."

나스챠는 그러겠다고 약속했고, 리자는 하루종일 그녀가 돌아오기를 초조하게 기다렸다. 저녁이 되어 나스챠가 돌아왔다.

"그래요, 리자베타 그리고리예브나." 그녀는 방으로 들어서며 말했다.

"베레스토프 그분을 뵈었어요. 실컷 보았지요. 온종일 함께 있었거든요."

"어떻게? 어서 말해 봐, 차근차근 이야기해 줘."

"그럴게요, 저랑 아니시야 예고로브나, 네닐라, 둔카… 이렇게 갔어요."

"좋아, 그건 알아. 그다음은?"

"잠깐만요. 전부 순서대로 다 말씀드릴게요. 저희는 점심시간에 맞춰 도착했어요. 방에 사람들이 꽉 차 있었어요. 콜비노 쪽 사람들도 왔고, 자하레보에서는 관리인 부인이 딸들과 함께, 그리고 흘루피노에서도 사람들이 왔어요."

"알겠어, 그럼 베레스토프는?"

"잠깐 기다리세요. 저희가 자리에 앉았는데, 관리인 부인이 맨 윗자리에 앉고, 그리고 제가 그 옆에… 딸들이 뾰로통하게 굴더라고요. 저는 신경도 안 썼지요."

"아휴, 나스챠, 너는 왜 맨날 그렇게 쓸데없는 이야기만 늘어놓니! 지루해 죽겠어!"

"참, 성미도 급하시다니까요! 우리는 식사를 마치고 자리에서 일어났어요. 세 시간이나 앉아 있었답니다. 점심은 정말 훌륭했어요. 디저트로 나온 블랑망제는 파란색, 빨간색, 줄무늬까지 있었고요. 그리고 식탁에서 일어나 술래잡기하러 정원으로 나갔는데, 바로 그때 젊은 도련님이 거기 나타나신 거예요."

"그래 어땠어? 정말 그렇게 잘 생겼어?"

"놀랄 만큼 잘 생겼어요. 진짜 미남이시더라고요. 당당한 체격에, 키도 훤칠하시고, 두 뺨엔 생기 넘치는 홍조가 가득하고요."

"정말? 나는 얼굴이 창백할 거라고 생각했는데. 그래, 그 사람 너한테 어때 보였어? 생각에 잠겨 슬퍼 보이던?"

"무슨 말씀이세요! 저는 그렇게 활달한 사람은 난생처음 봤어요. 우리랑 술래잡기할 생각까지 하시던데요."

"너희들과 술래잡기를 해? 말도 안 돼!"

"말이 된다니까요! 또 무슨 생각까지 하신 줄 아세요? 잡기만 하면 입을 맞추자는 거예요!"

"터무니없는 소리 마, 나스챠, 그건 네가 거짓말하는 게지."

"마음대로 생각하세요. 하지만 거짓말이 아니에요. 겨우 떨어져 나왔다니까요. 도련님은 종일 저희랑 붙어 있었어요."

"그런데 사람들은 그가 사랑에 빠져서 아무도 안 본다던데?"

"그건 모르죠, 하지만 저를 뚫어지게 쳐다보셨어요. 관리인 딸 타냐도요. 그리고 또 콜비노에서 온 파샤도요. 죄송한 말씀인데, 사실, 누구 하나 소홀히 안 하셨어요. 완전 장난꾸러기라니까요."

"정말 놀랍구나! 그런데 집안에서는 그 사람에 대해 뭐라고 하던?"

"멋진 도련님이라고요. 정말 착하시고 쾌활하시대요. 단 하나 흠이라면, 아가씨들 쫓아다니는 걸 너무 좋아한대요. 하지만 제 생각엔, 그거야 뭐 별일 아니죠. 세월이 가면 곧 얌전해지실 거예요."

"그 사람을 한번 봤으면 좋겠는데!" 리자가 한숨을 쉬며 말했다.

"그게 뭐가 어렵다고요? 투길로보는 여기서 멀지 않아요. 겨우 3베르스타 거리밖에 안 돼요. 그쪽으로 산책을 나가시거나 말을 타고 가보세요. 분명히 그분을 만나게 되실 거에요. 그 도련님은 매일 아침 일찍 총을 들고 사냥하러 나가신다더라구요."

"아니, 그건 안 돼. 내가 자기를 쫓아다닌다고 생각할 수도 있어. 게다가 우리 아버지들이 사이가 나쁘니 나도 그 사람과 제대로 인사할 수 없을 거야. 아, 나스챠! 좋은 생각이 났어. 내가 농사꾼 처녀로 변장하는 거야!"

"정말 좋은 생각이에요! 두꺼운 루바슈카와 사라판을 입고 투길로보로 당당히 걸어가세요. 제가 장담하건대, 도련님이 그냥 지나치지 못할 거예요."

"그리고 나는 시골 아가씨 말투를 완벽하게 흉내 낼 수 있어! 아, 나스챠, 사랑스러운 나스챠! 이 얼마나 멋진 생각이니!"

그리고 리자는 이 유쾌한 계획을 꼭 실행하겠다는 결심을 품고 잠자리에 들었다.

다음 날, 리자는 곧바로 자신의 계획을 실행에 옮겼다. 시장에서 두꺼운 옷감과 푸른색 중국 무명, 그리고 구리 단추를 사 오게 하여 나스챠의 도움을 받아 루바슈카와 사라판을 재단했고, 하녀들 전부를 불러모아 바느질하게 하여 저녁때까지 모든 준비를 다 마쳤다. 리자는 새로 지은 옷을 입고 거울 앞에 비추어 보면서 자신이 이토록 사랑스러워 보인 적이 없었다는 걸 스스로 인정했다. 그녀는 자신의 역할을 몇 번이고 반복해 연습했는데, 걷다가 허리를 굽혀 인사하거나, 진흙 고양이 인형처럼 고개를 까딱이고, 농사꾼 말투로 말하며, 소매로 입을 가린 채 웃는 것으로 나스챠에게 완벽한 인정을 받았다. 한가지 문제가 그녀를 곤란하게 했다. 마당을 맨발로 걸어보려 했지만, 잔디가 그녀의 여린 발을 찔렀고, 모래와 자갈은 참을 수 없을 만큼 아팠다. 이번에도 나스챠가 도와주었다. 나스챠는 리자의 발 치수를 잰 다음 들판에 있는 목동 트로핌을 찾아가, 그 치수에 맞춘 짚신을 주문했다. 다음 날, 아직 동이 트기도 전 리자는 잠에서 깨어났다. 집 안은 모두 잠들어 있었다. 나스챠는 대문 밖에서 목동을 기다렸다. 목동의 뿔피리 소리가 울려 퍼지고 마을의 가축 떼가 지주의 집 앞을 지나가기 시작했다. 트로핌은 나스챠 앞을 지나가며 작고 알록달록한 짚신을 건네주었고, 그 대가로 50코페이카짜리 은화 한 닢을 받았다. 리자는 조심스럽게 농사꾼 처녀로 차려입고 나스챠에게 미스 잭슨에 관한 당부를 속삭이고는 뒷문으로 나가 텃밭을 지나 들판으로 달려갔다.

새벽 노을이 동쪽 하늘에서 빛나고 금빛 구름은 마치 궁정 신하들이 군주를 기다리듯 태양을 기다렸다. 청명한 하늘, 아침의 신선함, 이슬, 산들바람 그리고 새들의 노랫소리가 리자의 가슴을 어린아이 같은 환희로 가득 채웠다. 혹시라도 아는 이를 마주칠까 두려워 그녀는 걷는 것이 아니라 날아가는 것 같았다. 아버지 영지 경계에 있는 숲에 가까워지자 리자는 걸음을 늦췄다. 여기서 그녀는 알렉세이를 기다려야 했다. 그녀의 심장은 이유도 모른 채 세차게 뛰었다. 젊은이의 장난을 수반하는 두려움은 바로 그 장난의 가장 큰 매력이었다. 리자는 숲의 어스름 속으로 들어갔다. 숲의 깊고 굽이치는 소리가 소녀를 맞이했다. 리자의 들뜬 기분은 차츰 가라앉았다. 조금씩 그녀는 달콤한 몽상에 빠져들었다. 그녀는 생각에 잠겼다… 하지만 열일곱 살 귀족 아가씨가 이른 봄 아침 여섯 시, 홀로 숲속에서 무슨 생각에 잠겼는지 누가 정확히 알 수 있을까? 그렇게 리자는 생각에 잠긴 채, 양쪽으로 키 큰 나무들이 드리워진 길을 따라 걷고 있었다. 그때 갑자기 멋진 사냥개 한 마리가 그녀를 향해 짖어댔다. 리자는 놀라서 소리를 질렀다. 그 순간 "진정해, 스보가르, 이리 와…"[11]라는 목소리가 들렸고, 젊은 사냥꾼이 덤불 너머에서 모습을 드러냈다.

"겁내지 마, 아가씨." 그가 리자에게 말했다.

"내 개는 물지 않아."

리자는 이미 놀란 마음을 진정시켰고, 재빨리 이 상황을 능숙하게 이용할 줄 알았다.

"아니에요, 도련님."

리자는 반은 놀란 척, 반은 수줍은 척하며 말했다.

"무서워요. 저 개가 너무 사나워서 또 달려들까 봐요."

11 원문의 프랑스어는 Tout beau, Sbogar, ici….

알렉세이는(독자들은 이미 그가 누구인지 알 것이다) 그사이 젊은 농사꾼 처녀를 유심히 바라보았다.

"무서우면 내가 바래다줄게." 그가 말했다.

"내가 곁에서 걸어도 되겠니?"

"누가 막겠어요?" 리자가 대답했다.

"자유로운 사람은 자유롭게 가고, 길은 모두의 것이니까요."

"어디서 왔니?"

"프릴루치노에서요. 저는 대장장이 바실리의 딸이에요, 버섯 따러 가는 길이에요."(리자는 끈 달린 바구니를 들고 있었다)

"그럼, 도련님은요? 투길로보 사람이지요?"

"맞아." 알렉세이가 대답했다.

"젊은 나리의 몸종이야."

알렉세이는 관계를 평등하게 만들고 싶었다. 하지만 리자는 그를 한 번 힐끗 보더니 웃음을 터뜨렸다.

"거짓말이시네요." 그녀가 말했다.

"저 바보 아니에요. 누가 봐도 도련님이시잖아요."

"어째서 그렇게 생각하지?"

"다 보면 알 수 있죠."

"이를테면?"

"도련님과 하인을 어떻게 구분하지 못하겠어요? 옷차림도 다르고, 말하는 것도 다르고, 개 부르는 것도 우리랑 다르잖아요."

리자는 시간이 갈수록 알렉세이의 마음에 더욱 들었다. 예쁘장한 시골 아가씨들과 스스럼없이 지내는데 익숙한 그는 리자를 안으려 했다. 하지만 리자는 재빨리 물러서더니, 갑자기 엄격하고 쌀

쌀맞은 표정을 지었다. 그 모습이 알렉세이를 웃게 하기는 했지만, 더 이상 다가가는 것을 멈추게 했다.

"우리가 앞으로 친구로 지내는 걸 원하신다면." 그녀는 단호하게 말했다.

"함부로 행동하시면 안 돼요."

"누가 너한테 이런 똑똑한 말을 가르쳤니?" 알렉세이는 한바탕 웃고 나서 물었다.

"혹시 내가 아는 너희 아가씨네 하녀 나스챠 아니니? 이렇게 교양이 전파되는군!"

리자는 자기 역할에서 벗어난 것을 느끼고는 즉시 태도를 바로잡았다.

"뭐예요?" 그녀가 말했다.

"제가 지주 어른댁에 한 번도 못 가본 줄 아세요? 별 걸 다 듣고 봤거든요. 그런데…." 그러고는 말을 이었다.

"도련님과 이야기하느라, 버섯을 하나도 못 따겠네요. 도련님은 저쪽으로 가세요, 저는 이쪽으로 갈 테니. 그럼 안녕히…."

리자가 떠나려고 하자, 알렉세이는 그녀의 손을 붙잡았다.

"이름이 뭐니, 내 소중한 아가씨?"

"아쿨리나예요."

리자가 대답하며 알렉세이의 손에서 자기 손가락을 빼내려 애썼다.

"제발 놓아주세요, 도련님. 집에 가야 해요."

"좋아, 내 친구 아쿨리나, 네 아버지인 대장장이 바실리를 꼭 찾아갈게."

"뭐라고요?" 리자가 다급히 반박했다.

"제발, 하느님 맙소사, 오지 마세요. 집에서 제가 도련님하고 숲에서 단둘이 얘기한 걸 알면 큰일 나요. 우리 아버지, 대장장이 바실리가 저를 죽도록 때릴 거예요."

"그래도 나는 꼭 너를 다시 보고 싶은걸."

"그럼 제가 나중에 다시 여기로 버섯 따러 올게요."

"언제?"

"내일이라도요."

"사랑스러운 아쿨리나, 너에게 입 맞추고 싶지만, 감히 그럴 수 없구나. 그럼 내일 이 시간에, 알았지?"

"네, 네."

"나를 속이지 않을 거지?"

"안 속여요."

"맹세해."

"좋아요, 성스러운 금요일을 걸고 맹세해요. 꼭 올게요."

젊은이들은 헤어졌다. 리자는 숲을 나와 들판을 가로지른 후 정원으로 몰래 숨어들더니 친구이자 하녀인 나스챠가 기다리고 있는 농장으로 황급히 달려갔다. 그곳에서 궁금하여 조바심 난 하녀의 질문에 건성으로 대답하며 옷을 갈아입고는 거실로 나갔다. 식탁에는 아침이 준비되어 있었고, 미스 잭슨은 이미 분칠을 하고 꼭 끼는 코르셋으로 허리를 졸라맨 채 빵을 얇게 썰고 있었다. 아버지는 그녀의 이른 산책을 칭찬했다.

"새벽에 일어나는 것만큼 건강에 좋은 건 없단다." 아버지가 말했다. 여기서 그는 영어 잡지에 실린 장수한 노인들의 사례들을 늘어놓으며, 백 살 넘게 산 사람들은 하나같이 보드카를 마시지 않고 겨울이든 여름이든 새벽에 일어났다고 단언했다. 하지만 리자는 아버지의 말을 제대로 듣고 있지 않았다. 그녀는 마음속으로 아침 만남의 모든 상황, 아쿨리나와 젊은 사냥꾼의 대화를 되새기고 있었고, 양심의 가책에 시달리기 시작했다. 아무리 스스로에게 두 사람의 대화가 예의를 벗어난 것이 아니며, 이런 장난이 아무런 결과도 가져오지 않을 것이라고 항변해도, 그녀의 양심은 더 강하게 그녀의 이성에게 투덜거렸다. 내일 만나겠다는 약속이 무엇보다도 리자를 불안하게 만들었다. 그녀는 자신이 한 엄숙한 맹세를 어기기로 마음을 굳혔다. 하지만 알렉세이가 그녀를 기다리다 허사로 돌아가, 마을에서 뚱뚱하고 얼굴에 얽은 자국이 있는 바실리 대장장이의 딸, 진짜 아쿨리나를 찾아낸다면, 그녀의 경솔한 장난이 들통나고 말 것이었다. 이 생각은 리자를 두렵게 만들었고, 다음 날 아침 그녀는 또다시 아쿨리나로 변장해 숲에 나타나기로 결심했다.

한편 알렉세이는 황홀함에 빠져 온종일 새로 알게 된 그녀에 대해 생각했다. 밤에는 가무잡잡한 미인의 형상이 꿈속에서도 그의 상상을 따라다녔다. 동이 트기도 전에 그는 이미 옷을 다 입었다. 총을 장전할 틈도 없이, 알렉세이는 자신의 충실한 스보가르와 함께 들로 나와 약속된 만남의 장소로 달려갔다. 견딜 수 없는 기다림 속에 삼십 분 가까이 흐르고서야, 마침내 그는 덤불 사이로 푸른 사라판이 스치는 것을 보고 사랑스러운 아쿨리나를 향해 뛰어갔다. 그녀는 그의 넘치는 기쁨에 미소로 답했지만, 알렉세이는 곧 그녀의 얼굴에서 우수와 불안의 흔적을 알아차렸다. 그는 그 이유를 알고 싶어했다. 리자는 자신의 행동이 경솔하게 느껴져 후회하고 있다고 고백했다. 이번에는 약속을 어기고 싶지 않았지만, 이 만남이 마지막이 될 것이며, 이 인연은 좋은 결말로 이어질 리 없으니 끊어 달라고 부탁했다. 물론 이 모든 말은 농사꾼 처녀 특유의 투박한 말투로 전해졌다. 하지만 평범한 아가씨에게서는 보기 드문 깊은 생각과 감정이 알렉세이를 무척 놀라게 했다. 그는 온갖 말솜씨를 다 동원해 아쿨리나의 마음을 돌리려 애썼다. 자신은 순수한 의도만을 품고 있으며, 그녀에게 결코 후회할 일을 하지 않을 것이며, 모든 일에 있어서 그녀의 뜻을 따르겠노라고 약속했다. 이틀에 한 번이라도, 아니 일주일에 두 번이라도 좋으니 단둘이 만나는 기쁨만은 빼앗지 말아 달라고 간청했다. 그의 말은 진심 어린 열정으로 빛났고, 그 순간만큼 그는 진정 사랑에 빠져 있었다. 리자는 말없이 그의 말을 들었다.

"약속하세요." 마침내 그녀가 말했다.

"마을에서 저를 찾거나 저에 관해 묻지 않겠다고요. 또 제가 직접 정한 약속 외에는 따로 만나려 하지 않겠다고요."

알렉세이는 신성한 금요일을 두고 맹세하려 했으나 그녀는 미소 지으며 그를 말렸다.

"맹세는 필요 없어요." 리자가 말했다.

"당신의 약속 하나면 충분해요."

그 뒤 두 사람은 리자가 떠날 시간이라고 말할 때까지 숲속을 함께 거닐며 정답게 대화를 나누었다. 그들은 헤어졌고, 알렉세이는 홀로 남아 평범한 시골 처녀가 단 두 번의 만남으로 어떻게 자신에게 이토록 강한 영향력을 미칠 수 있었는지 의아해했다. 아쿨리나와의 교제는 그에게 신선한 매력이었고, 저 이상한 농사꾼 처녀가 내건 조건이 부담스러웠지만, 약속을 어기겠다는 생각은 추호도 하지 않았다. 알렉세이는 운명의 반지나 비밀스러운 편지 교환, 그리고 우울한 환멸의 분위기에도 불구하고, 사실 선량하고 열정적인 젊은이였으며, 순수한 즐거움을 느낄 줄 아는 맑은 마음을 지니고 있었다.

만약 내가 오로지 내 욕심만 따랐다면, 젊은 두 사람의 만남과 서로에게 점차 커지는 애정과 신뢰, 그들의 일상과 대화를 빠짐없이 자세히 묘사했을 것이다. 그러나 나는 대부분의 독자가 나와 같은 즐거움을 느끼지 못할 것을 잘 알고 있다. 이러한 세부 묘사는 대체로 지나치게 달콤하게 여겨질 테니, 나는 그것들을 생략하되, 두 달이 채 지나가기도 전에 알렉세이는 미친 듯이 사랑에 빠졌고, 리자 또한 그보다 덜 적극적이었을 뿐, 그 못지않게 깊은 감정을 품고 있었다고만 덧붙여 두겠다. 두 사람은 현재의 행복에 푹 젖어 있었고, 미래에 대해서는 거의 생각하지 않았다.

영원한 결합에 대한 생각이 종종 그들의 머릿속을 스치긴 했지만, 서로 이 이야기를 입 밖에 낸 적은 없었다. 이유는 분명했다. 아무리 알렉세이가 사랑스러운 아쿨리나에게 깊이 끌렸다 해도, 자신과 가난한 시골 처녀 사이에 존재하는 신분 차이를 늘 의식하고 있었다. 반면 리자는 두 집안 아버지들 사이에 뿌리 깊은 증오가 있음을 잘 알았고, 화해를 감히 기대하지 못했다. 게다가 은밀하고 낭만적인 소설 같은 기대가 그녀의 자존심을 부추겼는데 그것은 투길리보의 지주가 프릴루치노 대장장이의 딸 발치에 무릎 꿇는 것을 보고 싶다는 것이었다. 그런데 갑자기 중대한 사건이 그들의 관계를 뒤바꿔놓을 뻔했다.

어느 맑고 서늘한 아침(러시아의 가을이 자랑하는 그런 날들 중 하나에), 이반 페트로비치 베레스토프는 말을 타고 산책길에 나섰고, 만일을 대비해 보르조이 사냥개 세 쌍, 하인, 마부 한 명, 그리고 딸랑이를 든 사동 몇몇을 데리고 갔다. 같은 시각, 그리고리 이바노비치 무룸스키 역시 맑은 날씨에 이끌려 꼬리 짧은 영국식 암말에 안장을 얹게 하고 영국식으로 꾸민 자신의 영지 부근을 속보로 달리고 있었다. 숲에 가까이 다가섰을 때, 그는 여우 털로 안을 댄 체크멘 코트를 입고 거만하게 말을 타고 앉아 있는 이웃을 발견했다. 그 이웃은 사동들이 고함을 지르고 딸랑이를 흔들어 덤불 속에서 토끼를 몰아내기를 기다리고 있었다. 그리고리 이바노비치가 이 우연한 만남을 미리 알았더라면 틀림없이 다른 길로 갔을 것이다. 그러나 그는 뜻하지 않게 베레스토프 앞까지 다가와 버렸고 어느새 권총 사거리 정도 만큼 가까워졌음을 깨달았다. 이제 어쩔 수 없었다. 교양 있는 유럽인다운 무룸스키는 말을 달려 상대에게 정중히 인사했다. 베레스토프도 마지못해 답례했는데 마치 사슬에 묶인 곰이 사육사의 명령에 따라 주인에게 머리를 조아리는 듯했다. 그 순간 토끼 한 마리가 숲에서 뛰어나와 들판을 가로지르며 달려갔다. 베레스토프와 그의 마부는 목청껏 소리 지르며 사냥개들을 풀어 놓고는 전속력으로 뒤쫓았다. 한 번도 사냥터에 나와 본 적이 없는 무룸스키의 말은 잔뜩 겁에 질려 후다닥 내달렸다. 자신을 훌륭한 기수라 자부하는 무룸스키는 말을 그대로 내버려 두었고, 내심 불편한 이웃과 떨어질 수 있게 된 상황을 만족스러워했다. 그러나 말은 미처 전에 보지 못했던 골짜기에 다다르자 갑자기 방향을 틀었고, 무룸스키는 중심을 잃고 굴러떨어졌다. 그는 얼어붙은 땅에 심하게 떨어져, 그대로 누운 채, 꼬리를 영국식으로 짧게 자른 자신의 암말을 저주했다. 말은 기수가 없다는 것을 느끼자마자 정신을 차린 듯

멈춰 섰다. 이반 페트로비치 베레스토프가 달려와 그가 다치지 않았는지 물었고, 하인은 죄지은 말의 고삐를 잡고 그에게 데려왔다. 하인은 무롬스키가 안장에 오르도록 도와주었고, 베레스토프는 그를 자신의 집으로 초대했다. 무롬스키는 은혜를 입은 처지라 초대에 응하지 않을 도리가 없었다. 이렇게 해서 베레스토프는 사냥한 토끼와 부상 당해 거의 포로 신세가 된 적수를 데리고 위풍당당하게 집으로 돌아갔다.

두 이웃은 아침 식사를 함께하며 꽤 다정하게 대화를 나누었다. 무롬스키는 낙상으로 다리를 다쳐서 직접 말을 타고 집에 갈 수 없다고 솔직히 털어놓고, 베레스토프에게 마차를 빌려달라고 부탁했다. 베레스토프는 그를 현관까지 배웅했고, 무롬스키는 다음 날 (알렉세이 이바노비치와 함께) 친구로서 식사를 하러 프릴루치노로 오겠다는 확실한 약속을 받아내기 전까지 떠나지 않았다. 그렇게 꼬리 잘린 겁먹은 암말 덕분에 뿌리 깊은 적대 관계가 마침내 끝날 준비가 된 것 같았다.

리자는 그리고리 이바노비치를 향해 달려 나왔다.
"아빠, 이게 무슨 일이에요?" 그녀는 놀란 목소리로 물었다.
"왜 절뚝거리세요? 말은 어쩌시고요? 이건 누구네 마차예요?"
"짐작도 못 할 게다. 애야.[12]"

그리고리 이바노비치는 대답하며 그동안 있었던 일을 모두 들려주었다. 리자는 자기 귀를 의심했다. 그런데 아버지는 그녀가 놀란 마음을 진정시키기도 전에 내일 베레스토프 부자가 자기 집에서 식

---

12 원문의 영어는 my dear.

사할 것이라고 덧붙였다.

"뭐라고요?" 리자는 얼굴이 하얗게 질리며 말했다.

"베레스토프 부자라니요! 내일 우리 집에서 식사한다고요! 안 돼요, 아빠, 아빠는 마음대로 하세요. 무슨 일이 있어도 저는 절대 모습을 보이지 않을 거예요."

"그게 무슨 소리냐, 정신 나갔니?" 아버지가 핀잔을 주었다.

"언제부터 그렇게 수줍음을 타게 되었느냐? 아니면 로맨스 소설 속 여주인공처럼 그들에게 가문의 원한이라도 품고 있는 거냐? 됐어, 괜히 바보 같은 짓 그만하거라."

"안 돼요, 아빠. 세상에 무슨 일이 있어도, 무슨 보물을 준다고 해도 저는 결코 베레스토프 부자 앞에 나타나지 않을 거예요."

그리고리 이바노비치는 그녀와 싸워 보았자 득 되는 게 없다는 걸 알고 있으므로 어깨를 으쓱하고는 더 이상 언쟁하지 않고, 기념할 만한 오늘의 산책으로 인한 피로를 풀러 갔다.

리자베타 그리고리예바는 자기 방으로 가서 나스챠를 불렀다. 둘은 오랫동안 내일의 방문에 관해 의논했다. 제대로 교육받은 귀족 아가씨가 아쿨리나라는 것을 알게 된다면 알렉세이는 어떻게 생각할 것인가? 그녀의 행동과 마음가짐, 그리고 그녀의 분별력에 대해 무슨 이견을 가질 것인가? 다른 한편 리자는 이런 갑작스러운 만남이 그에게 어떤 인상을 줄지 무척 궁금하기도 했다… 갑자기 그녀에게 한 가지 생각이 떠올랐다. 그녀는 그 생각을 나스차에게 전했다. 둘은 무슨 대단한 발견을 한 것처럼 기뻐했고 꼭 실행에 옮기리라 마음먹었다.

다음 날 아침 식사 때, 그리고리 이바노비치는 딸에게 여전히 베레스토프 부자를 피해 숨을 작정인지를 물었다.

"아빠." 리자가 대답했다.

"아빠가 원하신다면 그분들을 맞이하겠어요. 하지만, 한 가지 조건이 있어요: 제가 그들 앞에 어떤 모습으로 나타나든, 무슨 짓을 하든, 아빠는 저를 절대 꾸짖지 않으시겠다고, 놀라거나 언짢아하는 기색을 조금도 내비치지 않겠다고 약속해 주세요."

"또 무슨 장난을 꾸미는 거냐!" 그리고리 이바노비치는 웃으며 말했다.

"그래, 알았다. 알았어. 네 마음대로 하려무나. 이 까만 눈 장난꾸러기야."

그러고는 딸의 이마에 입을 맞추었고, 리자는 준비를 하러 달려갔다.

정각 2시에, 집에서 제작한 마차가 여섯 마리 말에 이끌려 마당으로 들어오더니 짙푸른 잔디 원형 광장 주위를 따라 굴러갔다. 노(老) 베레스토프는 무롬스키 집안의 제복 입은 하인 둘의 부축을 받아 현관으로 올라섰다. 아들 알렉세이는 말을 타고 뒤따라 왔고, 함께 식당으로 들어갔다. 식탁은 이미 차려져 있었다. 무롬스키는 이웃들을 더할 나위 없이 다정하게 맞이했다. 그는 식사에 앞서 정원과 동물 사육장을 구경하자고 제안했고, 비질을 끝내고 모래를 뿌려놓은 길을 따라 조심스럽게 손님들을 안내했다. 노(老) 베레스토프는 내심 이렇게 쓸데없는 취미에 들인 수고와 시간을 아까워했지만 예의상 침묵하고 있었다. 그의 아들은 계산적인 지주의 불만에도, 자기만족에 빠진 영국광의 열의에도 동참하지 않았다. 그는 다만 소문으로만 들었던 이 집 주인의 딸이 나타나기를 초조하게 기다리고 있었다. 비록 그의 마음은 우리가 알다시피 이미 점령되어 있었지만 젊고 아름다운 아가씨는 언제나 그의 상상을 사로잡을 권리가 있었다.

거실로 돌아온 세 사람은 나란히 자리에 앉았다. 두 어른은 옛 시절을 떠올리며 군 복무 시절의 일화들을 주고 받았고, 알렉세이는 리자 앞에서 어떤 태도를 취해야 할지 곰곰이 생각하고 있었다. 그는 어떤 경우에도 냉담하고 무심한 태도가 가장 적절할 것이라 결론 내리고 그에 맞게 마음을 다잡았다. 문이 열리자 그는 고고한 무관심과 오만한 태연함으로 고개를 돌렸다. 이 모습은 가장 노련한 요부의 가슴도 분명 흔들리게 할 만한 것이었다. 그러나 애석하게도 리자 대신 분을 하얗게 바르고 허리를 꽉 조이고 눈을 내리깐 노처녀 미스 잭슨이 고개를 약간 숙여 인사하며 방으로 들어섰다. 그리하여 알렉세이의 근사한 '군인식' 전략은 수포로 돌아갔다. 그가 다시 마음을 가다듬기도 전에 문이 또 열리더니 이번에는 리자가 들어왔다. 모두 일어섰다. 그리고리 이바노비치는 손님들을 소개하려다 갑자기 말을 멈추고 황급히 입술을 깨물었다... 리자, 그 가무잡잡한 피부의 리자는 귀밑까지 하얗게 분칠을 하고, 미스 잭슨보다 더 진하게 눈썹을 그렸다. 그녀의 본래 머리색보다 훨씬 밝은 가짜 곱슬머리는 루이 14세의 가발처럼 부풀려져 있었고, '우스꽝스러운 스타일[13]'의 소매는 퐁파두르 부인의 고래뼈 테를 둘러 퍼지게 한 치마처럼 불룩하게 튀어나왔으며, 허리는 마치 X자처럼 꽉 조여 있었다. 아직 전당포에 잡히지 않은 어머니의 모든 다이아몬드가 그녀의 손

---

13 원문의 프랑스어는 à l'imbécile.

가락, 목, 귀에서 번쩍이고 있었다. 알렉세이는 이 우스꽝스럽고 번쩍이는 아가씨 속에서 자신의 아쿨리나를 전혀 알아볼 수 없었다.

그의 아버지가 리자의 손등에 입을 맞추기 위해 다가가자, 알렉세이도 못마땅한 기색으로 그 뒤를 따랐다. 그녀의 새하얀 손가락을 살짝 건드렸을 때, 그는 그 손가락들이 떨리고 있다는 것을 느꼈다.

그러는 사이, 리자가 의도적으로 내민 듯한, 요염하게 꾸민 신발 속 작은 발이 그의 눈에 들어왔다. 이것 덕분에 그는 리자의 나머지 복장에 대해 약간은 마음을 풀게 되었다. 순진한 그는 처음 보았을 때뿐만 아니라 나중에도 분을 바른 것이나 눈썹을 그려 넣은 것을 전혀 알아보지 못했다. 그리고리 이바노비치는 자신의 약속을 떠올리고 조금이라도 놀란 기색을 내비치지 않으려 애썼다. 그러나 딸아이의 장난이 너무 우스워서 웃음을 참기가 힘들었다. 하지만 엄격한 영국 여교사 미스 잭슨은 전혀 웃을 기분이 아니었다. 그녀는 리자가 자신의 화장대에서 눈썹을 그리는 먹과 분을 훔쳐갔음을 짐작했는데, 인공적인 하얀 얼굴 위로 분노의 붉은 기가 내비쳤다. 그녀가 불꽃 튀는 시선을 젊은 말괄량이에게 던졌지만 리자는 모든 해명을 뒤로 미루고 아무것도 모르는 척하며 태연하게 행동했다.

모두 식탁에 앉았다. 알렉세이는 여전히 무관심하고 생각에 잠긴 척하는 연기를 이어갔다. 리자는 억지로 교태를 부리며 이를 악물고 늘어뜨리듯 말했고, 오직 프랑스어만 썼다. 아버지는 그녀의 의도를 몰랐으나 무척 재미있어하며 자꾸 힐끔거렸다. 영국인 가정 교사는 분노에 차 입을 꾹 다물고 있었다. 오직 이반 페트로비치만 제집처럼 편안하게 굴었다. 그는 두 사람 몫을 먹고, 주량대로 마시고, 자기 농담에 웃으며, 시간이 갈수록 더 친근하게 이야기하고 큰 소리로 껄껄 웃었다.

마침내 모두 식탁에서 일어났다. 손님들이 떠나자, 그리고리 이바노비치는 웃음을 터뜨리며 리자에게 물었다.

"도대체 왜 그분들을 놀린 거니?"

"근데 말이지, 너한테 그 하얀 분이 제법 어울리더구나. 여자 화장의 비밀은 잘모르지만, 내 생각엔 너도 약간은 분칠을 해도 괜찮겠어. 물론 너무 과하게는 말고, 살짝만 말이야."

리자는 자신의 계략이 성공을 거둔 것에 무척 들떠 있었다. 그녀는 아버지를 끌어안고 충고를 고려해 보겠다고 약속한 뒤 화가 난 미스 잭슨을 달래러 달려갔다. 그녀는 마지못해 방문을 열어주고 리자의 변명을 들어주었다. 리자는 모르는 사람들 앞에 까무잡잡한 얼굴로 나가는 것이 부끄러웠지만, 감히 부탁하지는 못했고… 친절하고 다정한 미스 잭슨이 결국 자신을 용서해 줄 것이라고 믿었다고… 등등의 이야기를 했다. 미스 잭슨은 리자가 자신을 놀리려던 것이 아니라는 확신이 들자 마음을 누그러뜨렸다. 그녀는 리자에게 입을 맞추고 화해의 표시로 영국산 분 한 통을 선물로 건넸다. 리자는 진심 어린 감사의 마음으로 그것을 받았다.

다음 날 아침, 리자가 약속된 숲에 어김없이 나타났으리라는 것은 독자라면 짐작할 수 있을 것이다.

"도련님, 어제 우리 주인님 댁에 다녀오셨다면서요?"

그녀는 알렉세이를 보자마자 물었다.

"그 아가씨는 어떠셨어요?"

알렉세이는 그녀를 눈여겨보지 않았다고 대답했다.

"아쉽네요." 리자가 말했다.

"왜?" 알렉세이가 물었다.

"정말 그런지 물어보고 싶었거든요… 사람들이 그러는데…."

"사람들이 뭐라는데?"

"제가 그 아가씨를 닮았대요. 진짜 그래요?"

"무슨 말도 안 되는 소리야! 그 아가씨는 너에 비하면 정말이지 형편없지."

"아이 도련님, 그런 말씀하시면 벌 받아요. 우리 아가씨는 새하얗고 멋쟁이인데, 제가 감히 어찌 비교가 되겠어요."

알렉세이는 리자가 이 세상 그 어떤 새하얀 아가씨들보다 낫다고 맹세했다.

그리고 그녀가 안심할 수 있도록 주인 아가씨를 터무니없이 우스꽝스럽게 묘사하기 시작했다. 그러자 리자는 한바탕 웃음을 터뜨렸다.

"그래도요." 그녀는 한숨을 쉬며 말했다.

"아가씨가 아무리 우스워도, 저는 그 아가씨 앞에선 그냥 까막눈 바보예요."

"에이, 그게 뭐 대수라고!"

알렉세이가 말했다.

"원한다면 내가 지금 당장 글을 가르쳐줄게."

"진짜요?" 리자가 말했다.

"정말 한번 배워볼까요?"

"좋아요, 아가씨. 지금이라도 당장 시작합시다."

그들은 자리에 앉았다. 알렉세이는 주머니에서 연필과 수첩을 꺼냈고 아쿨리나는 놀랄 만큼 빠르게 글자를 익혔다. 알렉세이는 그녀의 이해력에 감탄을 금치 못했다. 다음 날 아침 그녀는 글자도 써 보고 싶어 했다. 처음에는 연필이 말을 듣지 않았지만, 몇 분이 지나자 그녀는 제법 그럴듯하게 글자를 그려냈다.

"이게 무슨 기적이람!" 알렉세이가 말했다.

"우리 공부가 영국 랭커스터식 학습법[14]보다 더 빠르네."

실제로 세 번째 수업에서 아쿨리나는 이미 소설『나탈리야, 보야르 딸』[15]을 음절마다 또박또박 읽을 수 있었고 그녀가 중간중간 내놓는 의견들은 알렉세이를 정말로 놀라게 만들었다. 그녀는 그 소설에서 고른 경구들을 종이에 빼곡히 써 넣기도 했다.

일주일이 지나고, 두 사람 사이에는 편지 왕래가 시작되었다. 우체국은 오래된 참나무의 텅 빈 줄기 속에 설치되었고, 나스챠는 비밀리에 우체부 역할을 맡았다. 알렉세이는 굵은 글씨로 쓴 편지들을 그곳에 두었고, 그 자리에서 소박한 파란 종이에 쓴 연인의 졸필 편지를 받아보았다. 아쿨리나는 점점 문장을 더 다듬어 쓰게 되고, 지성이 눈에 띄게 발달하여 교양을 쌓아가기 시작했다.

그러는 사이 얼마 전부터 시작된 이반 페트로비치 베레스토프와 그리고리 이바노비치 무롬스키 사이의 친분은 점점 더 깊어져 곧 우정으로 발전했는데, 그 배경은 이러했다. 무롬스키는 종종 생각했다. 이반 페트로비치가 죽으면 그의 모든 재산은 아들 알렉세이

---

14 영국의 교육학자 조지프 랭커스터(1778~1838)가 고안한 교육 방식. 성인의 지도하에, 더 우수한 학생이 다른 학생들을 가르치게 하는 제도로, 빈민 아동을 포함한 대중 교육에 널리 활용되었다.

15 『대귀족의 딸 나탈리야』는 러시아 작가 니콜라이 카람진(1766~1826)이 쓴 감상주의적 역사 소설.

이바노비치에게 넘어갈 것이다. 그렇게 되면, 그는 이 지방에서 가장 부유한 지주가 될 것이며, 그가 리자와 결혼하지 않을 이유가 전혀 없다는 것이었다. 한편 베레스토프도 이웃 그리고리 이바노비치에게 다소 괴짜스러운 구석이 있음을 인정했다.(혹은 그의 표현을 빌리자면 '영국식 바보병' 말이다) 하지만 동시에, 그는 이웃의 여러 훌륭한 자질 역시 부정하지 않았다. 예를 들어 그는 보기 드문 수완가였고, 또 명망 높고 세력 있는 프론스키 백작과 가까운 친척 관계였다. 그 백작은 아들 알렉세이에게 큰 도움이 될 수 있는 사람이었다. 그리고 이반 페트로비치는 그리고리 이바노비치가 딸을 유리한 조건으로 시집 보낼 기회를 기꺼이 반길 것이라 믿었다. 두 어른은 이런 생각을 저마다 마음속에 품고 있다가 마침내 서로 터놓고 이야기를 나누었다. 그들은 서로 포옹하고, 일을 제대로 추진하기로 약속한 뒤 각자 자신의 방식으로 힘쓰기로 했다.

무롬스키는 곤란한 과제를 앞두고 있었다. 바로 자신의 베시가 알렉세이와 좀 더 허물없이 지내도록 설득하는 일이었다. 두 사람은 그 기억에 남을 만한 점심 이후로 다시는 만나지 않았다. 서로를 썩 마음에 들어 하지 않는 듯 보였고, 적어도 알렉세이는 다시는 프릴루치노에 오지 않았으며, 리자 역시 이반 페트로비치가 집에 찾아오면 늘 자기 방으로 들어가 버렸다.

하지만 그리고리 이바노비치는 이렇게 생각했다.

"알렉세이가 매일 우리 집에 온다면, 베시도 그를 사랑하게 될 거야. 그게 세상 이치지. 시간이 다 해결해 주겠지."

반면 이반 페트로비치는 자신의 계획이 잘 될지에 대해 별다른 걱정을 하지 않았다. 그는 그날 저녁 아들을 서재로 불러들였다.

그리고는 담배 파이프에 불을 붙이고 잠시 침묵을 지킨 뒤 말했다.

"그래, 알료샤. 요즘은 왜 군대 이야기를 안 꺼내는 거냐? 혹시 이제는 경기병의 제복이 더 이상 매력적이지 않으냐?"

"아닙니다, 아버지." 알렉세이가 공손히 대답했다.

"아버지께서 제가 기병 연대에 들어가는 걸 원치 않으시는 것 같아서요. 제 의무는 아버지께 순종하는 것입니다."

"좋다." 이반 페트로비치가 대답했다.

"네가 순종하는 아들이라는 걸 알겠구나. 그게 내겐 큰 위안이 된다. 나도 너를 억지로 몰아붙이고 싶진 않다. 지금 당장 관직에 들어가라고 강요하지는 않겠다. 다만 지금은 너를 장가보내려고 한다."

"누구와 말인가요, 아버지?" 알렉세이가 놀라며 물었다.

"리자베타 그리고리예브나 무롬스카야와." 이반 페트로비치가 대답했다.

"신붓감으로 흠잡을 데가 없지, 그렇지 않냐?"

"아버지, 저는 아직 결혼을 생각해 본 적이 없습니다."

"그래서 내가 너 대신 생각하고, 또 생각한 거야."

"아버지 뜻은 알겠지만… 리자 무롬스카야는 제게 전혀 끌리지 않습니다."

"나중엔 마음에 들게 될 거다. 참다 보면 정이 들고, 사랑도 생기는 법이지."

"전… 그 아가씨를 행복하게 해줄 자신이 없습니다."

"그건 네가 걱정할 일이 아니라, 그녀의 행복이다! 뭐 어째? 그게 네가 부모의 뜻을 존중하는 방식이냐? 좋다!"

"아버지 뜻대로 하세요. 하지만 저는 결혼하고 싶지 않고, 하지도 않을 겁니다."

"너는 반드시 결혼해야 한다. 그렇지 않으면 내가 너를 저주할 거야. 하느님께 맹세코 영지를 다 팔아 탕진해서 너한테 단 한 푼도 남겨주지 않을 거다! 사흘 동안 생각할 시간을 주마. 그 전까지는 내 눈앞에 얼씬도 하지 마라."

알렉세이는 아버지가 한번 어떤 생각을 품으면, 그건 타라스 스코티닌의 표현대로, 대못으로도 빼낼 수 없다는 것을 잘 알고 있었다. 하지만 알렉세이 역시 아버지를 꼭 빼닮아, 그 역시 만만치 않게 고집이 셌다. 그는 자신의 방으로 돌아가 부모 권위의 한계에 대해, 리자베타 그리고리예브나(베시)에 대해, 자신을 거지로 만들겠다는 아버지의 엄포에 대해, 그리고 마지막으로 아쿨리나에 대해 생각하기 시작했다. 그는 처음으로 자신이 아쿨리나를 열렬히 사랑하고 있음을 뚜렷이 깨달았다. 농민 처녀와 결혼해 자신의 노동으로 살아가겠다는 낭만적인 생각이 머릿속에 떠올랐고, 이 결단에 대해 생각할수록 오히려 그것이 이성적이고 타당한 선택처럼 여겨졌다.

며칠째 이어진 비로 숲속 만남은 중단된 상태였다. 그는 아쿨리나에게 가장 또렷한 글씨와 가장 격정적인 문체로 편지를 썼다. 그들에게 닥친 파멸의 위기를 알리고 곧바로 그녀에게 청혼했다. 그리고 즉시 편지를 참나무 구멍 속, 그들의 비밀 우체통에 넣고, 매우 흡족한 마음으로 잠자리에 들었다.

다음 날 아침, 결심을 굳힌 알렉세이는 무롬스키를 직접 만나 솔직하게 이야기하기 위해 일찍부터 그의 저택으로 향했다. 그는 무롬스키의 관대함에 호소해 자신의 편으로 만들 수 있기를 바랐다.

"그리고리 이바노비치께서 댁에 계신가?" 그는 프릴루치노 저택의 현관에서 말을 멈추며 물었다.

"아니요, 주인어른께서는 아침 일찍 나가셨습니다." 하인이 대답했다.

"이럴 수가!" 알렉세이는 속으로 생각했다.

"그럼, 리자베타 그리고리예브나라도 집에 계신가?"

"계십니다."

알렉세이는 말에서 내려 하인에게 고삐를 건네고, 안내도 받지 않은 채 안으로 곧장 들어갔다.

"이제 모든 게 결정될 거야." 그는 거실로 다가가며 생각했다.

"그녀와 직접 이야기해야지."

그는 안으로 들어갔다… 그리고 그 자리에 선 채로 몸이 굳었다! 리자… 아니, 아쿨리나, 사랑스러운 까무잡잡한 아쿨리나가 사라판이 아닌 새하얀 아침 드레스를 입고 창가에 앉아 그의 편지를 읽고 있었다. 그녀는 편지에 몰두한 나머지 그가 들어오는 소리조차 듣지 못했다. 알렉세이는 기쁨을 억누르지 못하고 외마디 탄성을 터뜨렸다.

리자는 흠칫 몸을 떨며 고개를 들더니, 비명을 지르고 달아나려 했다.

그는 곧장 달려들어 그녀를 붙잡았다.

"아쿨리나, 아쿨리나!…"

리자는 그의 품에서 벗어나려 애썼다.

"그만 놓아주세요, 무슈! 미치신 건가요?"[16]

그녀는 고개를 돌리며 계속 되풀이했다.

"아쿨리나! 나의 사랑, 아쿨리나!"

그는 그녀의 손에 입을 맞추며 애타게 외쳤다.

이 광경을 지켜보던 미스 잭슨은 도무지 무슨 상황인지 이해할 수 없었다.

바로 그때, 문이 열리며 그리고리 이바노비치가 들어섰다.

"아하!" 무롬스키가 말했다.

"두 사람 일은 이미 잘 성사된 모양이구나…."

친애하는 독자들이여, 이제 이 이야기의 결말을 굳이 묘사해야 하는 수고에서

나를 기꺼이 해방시켜 주시리라 나는 믿는다.

I. P. 벨킨
이야기의 끝

---

16 원문의 프랑스어는 Mais laissez-moi donc, monsieur; mais êtes-vous fou?

해설

푸시킨, 영원히 빛나는 문학의 기념비

나는 내 기념비를 세웠다. 신의 손으로
그리로는 군중의 발길 끊이지 않으니
알렉산드르 첨탑보다 더 높이
　　꼿꼿한 머리 치켜들고 서 있다.

아니, 나는 죽지 않으리, 소중한 리라에 담긴 혼
내 육체보다 오래 살아 썩지 않으리
이 세상에 단 한 명의 시인이라도 살아 있는 한
　　나는 영광스레 빛나리.

나의 명성 위대한 러시아 곳곳에 퍼져
이 땅에 사는 모든 민족 제 언어로 나를 부르리
긍지에 찬 슬라브의 후예도 핀족도
　　지금은 미개한 퉁구스족도 초원의 벗 칼미크 인도.

나 오래도록 민중의 사랑 받으리라
리라로 선한 감정 일깨우고

이 가혹한 시대에 자유를 찬양하고
  스러진 자에게 자비를 베풀라 외쳤으므로.

오 뮤즈여, 신의 뜻에 따르라
모욕을 두려워 말고 월계관 청하지 말고
칭찬과 비방을 초연하고 무심하게 받아들이고
  어리석은 자와 다투지 마라.

알렉산드르 세르게예비치 푸시킨(*Alexander Sergeevich Pushkin*)이 세상을 하직하기 1년 전에 쓴 시「나는 내 기념비를 세웠다(*Exegi Monumentum*)」는 시인의 자전적 예언으로 알려져 있다. 이 시에 거의 모든 내용이 그대로 실현되었기 때문이다. 그렇다. 푸시킨의 시혼은 여전히 살아 있으며, 세상의 모든 민족이 자기 언어로 그를 부르며, 러시아 사람들은 지금도 열광적으로 그를 사랑하며 그의 시적인 기념비는 오늘날에도 영광스럽게 빛나고 있다.

1) 삶과 죽음

푸시킨은 1799년 5월 26일(모든 날짜는 구력임) 모스크바에서 태어났다. 그의 아버지 세르게이 르보비치(*Sergei L'vovich*)는 러시아의 오랜 귀족 가문 출신이었고, 어머니 나제쥐다 오시포브나 한니발(*Nadezhda Osipovna Gannibal*)은 콘스탄티노플에 포로로 잡혀갔다가 1706년에 표트르 대제의 황실로 이송된 아비시니아—현재의 에티오피아—황태자의 후손이었다. 당시 대부분의 귀족 집안에서 그러했듯이 부모는 어린 푸시킨의 교육을 전적으로 프랑스에서 이민 온 가정 교사들에게 맡겼다. 어린 시절의 푸시킨은 집 안에서 오로지 프랑스어만을 듣고 말하였으며 또한 이른 시기부터 시도했던 습작 시 모두 프랑스어로 썼다. 그러나 외할머니 마리야 알렉세예브나(*Mariia Alekseevna*)와 이야기 솜씨가 일품인 유모 아리나 로지오노브나(*Arina Rodionovna*) 덕분에 푸시킨은 한편으로는 프랑스어와 유럽 인문학을 접하면서도 다른 한편으로는 러시아 민담과 전통을 자연스럽게 습득할 수 있었다. 그는 이렇게 유럽적인 것과 러시아적인 것이 절묘하게 어우러진 세련된 문화적 분위기 속에서 어린 시절을 보냈다.

1805년부터 1810년까지 매년 여름을 푸시킨은 모스크바 인근 시골에서 할머니와 함께 지냈다. 도심에서 떨어진 시골의 울창한 숲과 할머니의 옛날이야기는 훗날 그의 민담과 역사물 집필에 토대를 제공했다. 이렇게 어린 시절을 보낸 푸시킨은 귀족학교인 리체이에 입학하여 시 창작에 입문했다. 이미 이 시기에 그는 교우들과 문인들 사이에서 탁월한 시적 재능을 인정받아 "기적의 소년"이라 불리기도 했다. 당대 최고 시인 주콥스키(*V. Zhukovskii*)는 그를 "우리 문학의 희망"이라 부르기도 했다.

1817년에 리체이를 졸업한 푸시킨은 페테르부르크 외무성에서 이름뿐인 관직을 얻었다. 상당히 방탕한 생활을 했던 것으로 추정되는 이 시기에 그는 장편 서사시「루슬란과 류드밀라」를 발표하여 문단의 찬사를 받았다. 러시아 동화와 민담에 서구적 서사시를 결합시킨 이 작품은 러시아 낭만주의의 대표작이자 천재 시인의 독창성을 최초로 입증해 중 작품이라 평가된다. 이 작품을 읽은 주콥스키는 자신의 초상화에 '승리한 제자에게 패배한 스승이'라는 구절을 적어 젊은 후학에게 선물했다고 한다.

한편 당시 사회 분위기는 반정부, 반 전체주의, 자유주의에 경도되어 있었다. 푸시킨은 이러한 분위기 속에서「자유*Vol'nost'*」,「차아다예프에게*K Chaadaevu*」,「시골*Derevnia*」등, 소위 저항시와 농노제의 실상을 고발하는 경향의 시들, 이른바 '정치시'들을 썼다. 그의 정치시들이 당시 귀족들에게 끼친 영향력은 대단했다. 대부분의 지식인들이 그의 시를 암송하였으며 젊은이들은 그의 시를 통해 자유사상을 고취했다. 필사본 형태로 손에서 손을 거쳐 유포된 그의 정치시들은 그렇지 않아도 신경이 곤두서 있던 정부의 심기를 건드려 그는 1820년 5월 러시아 남부의 예카체리노슬라프―현재의 드네프로페트로프스크―로 추방되었다.

그는 남부 유배지에서 독서와 집필로 대부분의 시간을 보냈다. 이국적인 풍광과 자유로운 분위기, 영국 낭만주의 시는 그에게 시 창작의 원천이 되어 주었다. 여기서 그는 바이런풍의 장편 서사시「카프카즈의 포로*Kavkazskii Plennik*」를 비롯한 소위「남부 포에마」와

「바흐치사라이의 분수Bakhchisaraiskii fontan」 등을 집필했다. 1823년 그는 오데사로 이송되었는데 바로 여기서 그의 시적 재능은 유감없이 드러나기 시작했다. 이때 쓰인 「집시Tsygany」는 비로소 바이런에 대한 단순한 모방 차원이 아닌 진정한 푸시킨식의 명료함과 개성을 보여주는 작품이다. 그는 또 이곳에서 운문 소설 『예브게니 오네긴』의 집필을 시작하였다. 그러나 오데사에서의 삶은 오래 지속되지 못했다. 상관의 아내와의 불륜으로 인해 그는 오데사에서 추방되어 어머니의 영지가 있는 프스코프 현의 미하일로프스코예 마을로 추방되었다. 아이러니하게도 오데사로부터의 추방은 그에게 또 다른 도약의 계기가 되었다. 이후부터 그는 낭만주의와 결별하고 고전주의적 명료함과 절제를 작품에 도입하기 시작했다. 그는 단 한 번도 낭만주의 자체에 심취한 적은 없었다. 그의 정신은 낭만적 연애와 자유에의 갈망에도 불구하고 항상 고전주의적인 질서를 갈망하고 있었다.

미하일로프스코예에서도 푸시킨의 창조력은 지속적인 결실을 맺었다. 그는 「예브게니 오네긴」의 집필을 계속하는 한편 셰익스피어를 탐독하였고 그 영향을 받아 사극 「보리스 고두노프Boris Godunov」를 집필했으며 러시아 역사 및 문학에 대한 깊은 탐색에 빠져들었다. 바이런 시대는 저물고 이제 이른바 셰익스피어 시대가 도래했던 것이다. 그러나 다른 한편으로 이 시기는 푸시킨의 정치적 운명을 결정한 시기이기도 했다. 그가 미하일로프스코예에 머물던 시기에 그 유명한 '12월 당원의 봉기'가 발생했다. 당대 최고의 문인과 귀족 장교들로 구성된 이른바 '12월 당원'은 1825년 12월 14일 페테르부르크에서 전제정치를 규탄하며 궐기하였으나 그들의 봉기는 니콜라이 1세에 의해 즉시 진압되었다. 가담자 전원에게는 사형선고나 유배형이 내려졌다. 푸시킨은 미하일로프스코예에서의 체류 덕분에 데카브리스트의 반란에 직접 가담할 수 없었고 그 결과 형벌을 피할 수 있었다. 그는 친구들의 비극적 운명에 통한의 눈물을 흘리며 더욱더 집필에 몰두했다.

황제의 명령으로 모스크바로 돌아온 푸시킨은 독자의 환호성 속에서 밀도 높은 시 창작의 시간을 만끽했다. 시인으로서의 그의 명성은 점점 더 높아져 갔다. 그는 「예언자」, 「시인*Poet*」, 「아리온*Arion*」 등의 작품에서 시인의 소명에 관해 노래했으며 외증조부인 아브람 한니발(*Abram Gannibal*)에 관한 소설을 구상했고 역사와 문학을 결합한 장편 서사시 「폴타바*Poltava*」를 썼다. 이 시기에 그의 인생에서 일어난 가장 중요한 사건은 나탈리야 곤차로바*Nataliia Goncharova*와의 만남이었다. 놀라운 미모의 소유자이지만 정신은 텅텅 빈 이 여성에게 푸시킨은 집요하게 구혼했고 결국 결혼했다. 잠시 후 자세하게 살펴보겠지만 이 결혼은 궁극적으로 러시아의 가장 위대한 시인을 죽음으로 몰아간 가장 근원적인 원인이었다. 그녀는 무일푼에 허영심과 낭비벽을 갖춘 여성으로 시인의 재정과 정신적인 평안과 시 창작의 열정 모두를 망가뜨렸다. 결혼을 앞둔 푸시킨은 미래 장모와의 경제적인 문제 관련 말다툼 끝에 일종의 도피 여행으로 1830년 가을에 볼지노를 방문하였다. 그는 잠깐 방문할 예정이었지만 콜레라가 창궐하는 바람에 석 달가량 머무르게 되었다. 연구자들은 이 시기를 "놀라운 볼지노의 가을"이라 부르며 푸시킨의 창조적 결실에 찬사를 보냈다. 여기서 그는 「예브게니 오네긴」의 초고, 「콜롬나의 작은 집*Domik v Kolomne*」, 「작은 비극들*Malen'kie Tragedii*」,

「엘레지*Elegiia*」, 「잠 안 오는 밤에 쓴 시*Stikhi sochinennye noch'iu vo vremia bessonnitsy*」, 「나의 가문*Moia radoslovnaia*」 등 탁월한 서정시들, 「고 이반 페트로비치 벨킨의 이야기*Povesti Pokoinogo Ivana Petrovicha Belkina*」, 「고류히노 마을의 이야기*Istoriia sela Goriukhina*」, 「사제와 그의 하인 발다 이야기*Skazka o pope i o rabotnike ego Balde*」 등의 산문을 집필했다. 볼지노 체류 시기의 특징은 모든 작품이 장르 면에서 각양각색이라는 점이다. 서정시, 장편 서사시, 소설, 희곡 등 그의 가을은 온갖 장르의 텍스트로 가득 메워져 있었다. 특히 이 시기에 그는 우수한 단편을 집필하여 산문작가로서의 위상을 공고히 하였으며 일련의 작은 비극 작품으로 러시아 드라마 사에도 견고한 흔적을 남겼다.

이후 푸시킨에게 주어진 시간은 '산문의 시간'이었다. 서정시보다는 산문이 그의 창작을 지배하기 시작했다. 특히 푸가초프 반란에 관한 역사 소설의 아이디어가 그의 머릿속을 맴돌았다. 그는 역사 소설을 쓰기 위해 1833년 볼가 강 유역과 우랄 지방을 여행하면서 18세기 농민 전쟁에 참가했던 사람들을 직접 만나 보고 민간 전승과 야사 등을 수집했다. 그는 그해 가을 페테르부르크로 돌아오는 길에 다시 볼지노에 들렀다. 그 시기는 '제2의 볼지노의 가을'이라 불릴 만큼 생산적이었다. 그는 단편 소설의 제왕이라 불리는 「스페이드의 여왕*Pikovaia Dama*」을 쓰기 시작했고 푸가초프 반란에 관한 역사물인 「푸가초프 반란사*Istoriia Pugachevskogo bunta*」를 탈고했다. 또 민담 「어부와 물고기 이야기*Skazka o rybake i rybke*」를 썼으며 포에마(장편 서사시) 「안젤로*Andzhelo*」와 러시아 포에마의 백미로 알려진 「청동 기마상*Mednyi vsadnik*」의 초고를 완성하였다.

그럼 이제 푸시킨의 결혼에 관해 알아보자. 1831년 2월에 푸시킨은 모스크바에서 혼인식을 올리고 며칠 후 신부와 함께 차르스코예 셀로로 옮겨가 여름을 보냈다. 그리고 그 해 가을에는 페테르부르크에 정착하여 비교적 행복한 신혼 생활을 만끽했다. 그러나 신혼의 행복은 나탈리야의 허영심과 사치와 낭비벽과 몰상식으로 인해 점차 악몽으로 바뀌어 갔다. 푸시킨은 아내의 사치를 감당하기 위해 빚까지 져야 했으며 날이 갈수록 심해지는 빚쟁이의 독촉 속에서 밤을 새워가며 글을 써야 했다. 그러나 무엇보다도 그를 괴롭힌 것은 아내의 바람기였다. 무수한 귀족들과 염문을 뿌리며 사교계의 여왕이 된 그녀는 푸시킨의 마지막 3년을 환멸과 절망으로 몰아넣었다. 특히 마지막 염문은 푸시킨의 죽음을 초래한 결정적인 사건이었다. 페테르부르크 주재 네덜란드 공사 헤케른(*L. Heckeren*) 남작의 양자로 입적된 프랑스인 단테스(*G. d'Anths*)는 페테르부르크 사교계의 방탕아였는데 여성 편력의 최종 목적으로 나탈리야를 선택했다. 단테스와 나탈리야의 염문에는 여러 가지 억측과 소문이 개재했는데 단테스는 황제와 그녀의 불륜을 덮기 위한 눈가림용 연인이었다는 것이 가장 유력한 설명으로 오늘날까지 회자되고 있다. 내막이야 어쨌든, 단테스와 나탈리야의 불륜을 암시하는 익명의 투서가 푸시킨과 그의 친지들에게 날아들면서 사태는 심각해졌다. 당시에는 아내의 불륜을 인지한 남편은 반드시 불륜 상대자에게 결투를 신청하는 게 관례였다. 1837년 1월 26일 푸시킨은 서면으로 결투를 신청했고 다음 날인 1837년 1월 27일 두 사람 사이에 결투가 거행되었다. 푸시킨은 결투에서 치명상을 입고 집으로 옮겨졌다. 그의 상태는 점점 더 악화되었다. 1837년 1월 29일 오후 2시 45분, 그는 마침내 세상을 하직했다. 고인을 추모하는 사람들의 행렬이 끝없이 이어졌다.

독자와 동료 문인들 사이에서 고인의 죽음은 거의 민족적인 손실로 여겨졌다. 황제는 위대한 시인의 죽음을 어떻게 해서든 축소하기 위해 거국적 장례식을 불허했다. 그리하여 황실 마구간 부속 성당에서 가족과 친지, 그리고 경비병과 관리들만이 참석한 초라한 장례식이 거행되었다. 그날 밤 고인의 시신은 옹색한 썰매에 실려 지푸라기로 덮인 채 삼엄한 경비 속에서 비밀리에 프스코프 현 미하일로프스코예 근방의 스뱌토고르스키 수도원으로 이송되어 즉시 그곳에 매장되었다. 그러나 이러한 초라한 장례와 매장에도 불구하고 시인의 죽음은 엄청난 결과를 초래했다. 천박한 사교계 명사들을 제외한 모든 학생들, 문인들, 지식인들, 예술가들이 그의 죽음을 애도하였다. 수많은 시인들이 푸시킨을 위한 추도시와 추도문을 썼으며 거의 전 국민이 그의 시를 암송하기 시작했다. 푸시킨이 러시아 문학과 예술에 끼친 영향은 몇 권의 책으로도 다 언급하기 어려울 지경이다. 글린카(*F. Glinka*), 무소르그스키(*M. Musorgskii*), 차이콥스키(*P. Chaikovskii*), 스트라빈스키(*I. Stravinskii*)는 음악으로써 푸시킨을 기억했고 거의 모든 러시아 도시에 있는 푸시킨 거리와 동상과 기념비는 공간으로써 그를 기억한다. 고골(*N. Gogol*), 투르게네프(*Ivan Turgenev*), 도스토옙스키(*F. Dostoevskii*)에서 벨리(*A. Belyi*), 아흐마토바(*A. Akhmatova*), 만젤쉬탐(*O. Mandel'shtam*), 츠베타예바(*M. Tsvetaeva*), 나보코프(*V. Nabokov*), 소콜로프(*S. Sokolov*), 비토프(*A. Bitov*)에 이르기까지 러시아 문인들의 작품 속에는 푸시킨에 대한 깊은 사랑과 존경이 아로새겨져 있다. 러시아 문학 전체를 통틀어 이만큼 사랑과 존경과 숭앙을 받은 작가는 없다. 푸시킨은 명실공히 러시아 국민 시인인 것이다.

2) 조화의 미학

푸시킨 작품의 가장 큰 장점은 "쉽게 읽힌다"는 사실이다. 서정시건 서사시건 소설이건 그의 작품을 읽는 독자는 단 한 번도 난해함을 지적한 적이 없다. 그의 작품은 심지어 초등학생조차 즐길 수 있을 정도로 난해함과는 거리가 멀다. 그럼에도 불구하고 그의 작품을 가리켜 '얄팍하다'고 지적하는 독자 또한 찾아보기 어렵다. 푸시킨 작품은 쉽게 읽히면서 심오하고 단순하면서 복잡하다. 그의 작품은 러시아 구전 전통을 수용하면서 동시에 서구 문학을 활용하고 진지하면서 유머를 잃지 않고 민중의 구어를 사용하면서 동시에 격조 높은 문학어를 사용한다. 그의 작품은 직설적이며 패러디적이고 러시아적이면서 외래적이고 낭만주의적이며 동시에 사실주의적이고 사실주의적인 동시에 고전주의적이다. 낭만적인 열정도 고전주의적인 절제도 사실주의적인 객관성도 모두 그의 작품 속에 들어있다.

그래서 그의 작품 세계를 '융합'으로 설명하는 시도들도 많이 있지만 엄밀하게 말하면 융합보다는 공존이 더 적절할 듯하다. 모든 요소들이, 모든 관념들이, 모든 경향들이 그의 작품 속에서는 제각각의 위상을 유지하면서 공존하되 각 요소들 간에 엄격하게 존재하는 균형 덕분에 전체의 조화가 유지된다. 이러한 점은 장르에 대한 그의 폭넓은 이해에서도 발견된다. 그는 널리 알려져 있다시피 문학의 모든 장르를 섭렵했다. 시인 푸시킨은 내용면에서 연애시에서 장엄한 정치시, 자연시, 철학시, 명상시에 이르는 거의 모든 시를 썼으며 형식면에서도 송시, 엘레지, 소네트, 발라드, 민요 등을 섭렵했다. 그러나 그의 위대함은 여기에 그치지 않는다. 그는 모든 장르를, 즉

영웅 서사시, 장편 서사시, 단편 소설, 장편 소설, 드라마, 민담을 창조했으며 각 작품은 그 장르 안에서 이후 오랫동안 숭앙받을 전범으로 자리를 굳혔다. 더 나아가 그는 당시 그 누구도 상상하지 못했던 시로 쓴 소설, 곧 운문 소설 『예브게니 오네긴』을 창조했다. 이 모든 장르들에서 두드러지게 드러나는 것은 조화에 대한 그의 직관적이고 생래적인 감각이다. 그 어떤 장르에서도 다른 장르와의 충돌로 인한 갈등은 표면화되지 않는다. 모든 갈등은 내면화되고 겉으로 드러나는 것은 언제나 완벽한 조화의 아름다움이다. 그의 빛나는 천재성은 문학적 규범과 장르적 경계선을 끊임없이 파괴하면서 새로운 도전과 가능성을 향한 문을 열어주었지만, 독자에게 끝까지 남아있는 것은 언제나 조화와 균형이었다.

3) 『벨킨 이야기』, 패러디를 넘어서

푸시킨은 1820년대부터 산문에 관심을 보였으며 자신의 창작이 산문으로 기울게 되리라는 것을 운문 소설 『예브게니 오네긴』에서 예고한다.

> 세월은 엄격한 산문으로 나를 기울게 하고
> 연륜은 장난꾸러기 각운을 쫓아버린다.
> ....
> 나의 펜은 종잇장을 휘날리며
> 써대는 일에 흥미를 잃었다.
> 그런 것과는 다른 차디찬 꿈이
> 그런 것과는 다른 진지한 고민이
> 세상의 번잡속에서나 정적속에서나
> 잠든 내 영혼을 흔들어 깨우고 있다.

이러한 예고는 1830년도에 구체적으로 실현된다. 푸시킨은 1830년 가을 볼지노에 머무르는 동안 다섯 편의 단편을 집필하였는데 이 단편들은 「고(故) 이반 페트로비치 벨킨의 이야기」, 줄여서 『벨킨 이야기』라는 제목 하에 이듬해 10월에 출판되었다. 『벨킨 이야기』를 구성하는 단편들, 즉 「마지막 한 발 *Vystrel*」, 「눈보라 *Metel*」, 「장의사 *Grobovshchik*」, 「역참지기 *Stantsionnyi smotritel*」, 「귀족 아가씨-시골 아가씨 *Baryshnia-krest'ianka*」는 모두 문학적 한계에 대한 도전이라는 점에서 푸시킨 문학의 정수를 보여준다. 또 이 작품들은 시인이 산문

작가로 변신하는 과정에서 최초로 완성된 소설들로 푸시킨 자신의 인간으로서의 정체성, 작가로서의 정체성을 오롯이 담고 있다고 여겨진다. 특히 매 단편들이 패러디의 요소를 가지고 있다는 점에서 『벨킨 이야기』는 기존의 소설을 생산적으로 재맥락화하려는 작가의 산문관이 집약된 작품집이라 할 수 있다.

무엇보다도 서사 방식과 화자의 위상은 이 작품집이 얼마나 '실험적'인가를 보여주는 대표적인 특성이다. 푸시킨은 산문작가로서의 정체 숨기기와 정체 드러내기를 동시에 꾀하며(그리고 항상 그러했듯이 이 경우에도 양자 간에 엄정한 균형감각이 유지된다) 그러기 위해서 다양한 목소리를 복잡한 층위에서 제시한다. 이러한 구성은 "이야기 속의 이야기" 혹은 프레임 기법이라 칭해지는데 산문작가로 첫 발을 내디디는 작가에게는 대단히 효과적인 문학장치이자 기법이라 할 수 있다.

우선 다섯 편의 이야기를 수집한 인물로서 벨킨이라고 하는 허구의 인물이 소개되고(그래서 책의 제목이 '벨킨 이야기'이다) 각 이야기를 허구의 벨킨에게 전해준 허구의 인물들, 그러니까 각 이야기의 화자들의 이름과 직업이 소개된다. 「마지막 한 발」은 육군중령 I.L.P.가, 「눈보라」와 「귀족 아가씨…」는 K.I.T.라는 처녀가, 「장의사」는 점원 B.V.가, 「역참지기」는 9등문관 A.G.N.이 벨킨에게 전해준 이야기라는 것이다. 독자와 이야기 간의 '거리'를 더욱더 부각시키기 위해 푸시킨은 맨 앞에 '편집자'의 말, 벨킨의 친구가 '편집자'에게 보내온 편지를 집어 넣고 각 이야기 앞에는 제사를 넣어둔다. 물론 여러 명의 화자를 도입한다는 장치 자체는 서유럽 문학에서도 종종 발견되는 서사기법이었다. 그러나 푸시킨의 경우는 단순히 다양한 화자를 통해 서사의 다양성을 꾀한다는 의도를 넘어서는 복잡한 사연이 있었다. 푸시킨은 여러 명의 화자를 내세움으로써 일체의 논평으로부터 자유롭게 서사 실험을 할 수 있었다. 이러한 자유는 막 산문작가로서 첫걸음을 내디딘 푸시킨에게 결정적으로 중요한 조건이었다. 벨킨과 벨킨의 친구, 편집자, 일련의 화자들은 서사 방식에 대한 저자의 깊은 탐색과 기존 문학과의 이른바 '경쟁'을 위한 일종의 플랫폼이었다.

가상의 이야기 수집자 벨킨에 대한 푸시킨의 태도는 특히나 흥미롭다. 독자는 '편집자의 말'을 읽으면서『벨킨 이야기』는 실존하는 인물 벨킨이 실존하는 사람들로부터 채록한 이야기집이라고 믿게 된다. 그러나 벨킨에 관한 진술 부분은 익살과 자가당착적인 발언으로 가득 차 있어 독자를 어리둥절하게 만든다. 벨킨이 문학적으로 성숙한 인간인지, 아니면 상상력이 부족한 인물인지 독자는 가늠하기 어렵다. 심지어 그가 실존의 인물인지, 아니면 저자가 장난하듯 만들어낸 완벽한 허구인지조차 분간하기 어렵다. 이러한 모호성은 사실상 그 뒷편에 서 있는 진짜 저자 푸시킨을 보호해 주는 가림막으로 기능한다. 이 가상의 인물 뒤에서 푸시킨이 행하는 가장 중요한 서사 행위는 패러디이다.『벨킨 이야기』는 문학의 패러디이자 패러디의 문학이다.

「마지막 한 발」은 낭만적 주인공에 대한 종언적 패러디이자, 결투 서사의 패러디라 할 수 있다. 이 단편에서 우리는 패러디를 통해 낭만주의와 결별하고 객관적 현실을 탐색하는 산문작가 푸시킨의 새로운 입장을 발견할 수 있다. 낭만적이고 순진한 퇴역 군인 화자는 군대에서 만난 실비오라는 인물에 관해 들려준다. 화자는 신비하고도 악마적인 실비오의 매력에 빠져든다. 실비오는 언젠가 젊은 백작과 결투를 한 적이 있었는데 귀족이 총구 앞에서 앵두를 먹을 정도로 방자하게 처신하는 것을 보고 '너무나도 자존심이 상한 나머지' '마지막 한 발'을 유보한다. 그는 자신의 원수가 결혼을 한다는 소식을 전해 듣고는 전에 유보한 그 한 발을 쏘기 위해 떠나간다. 몇 년 후 화자가 알게 된 바에 따르면, 실비오는 갓 결혼한 원수의 아내에게 연민을 느껴 마지막 한 발을 그림을 향해 쏘고는 사라진다. 낭만주의, 복수, 악마성, 신비주의 등 이야기의 초반에 제시된 요소들은 결국 아무런 결실도 맺지 못한다. 이야기의 내용만 가지고 본다면 '용두사미'라는 인상을 지울 길 없다. 그러나 「마지막 한 발」은 이야기의 극적인 전개나 흥미에 초점을 맞추는 작품이 아니다. 중요한 것은 실비오와 백작 간의 결투가 아니라 푸시킨과 낭만주의 문학 간의 결투라 할 수 있다. 푸시킨은 낭만주의가 추구한 신비주의가 아닌 인물들의 심리적인 내면을 파헤침으로써 자아와 자아의 한계, 그리고 생각과 행위 간의 모순을 사실주의적으로 보여주는 것이다.

두 번째 이야기 「눈보라」 역시 패러디의 문학이다. 여기서 그는 낭만주의 연애담의 한계를 극명하게 보여준다. 지주의 딸 마리야는 가난한 청년 블라디미르와 사랑에 빠져 부모 몰래 야반도주한다. 그들은 외딴 마을의 성당에서 결혼식을 올리려 하지만 무서운 눈보라가 닥쳐오는 바람에 신랑은 제시간에 도착하지 못한다. 그때 우연히 지나가던 취객이 성당에 들르자 사람들은 그를 신랑으로 오인한다. 결국 결혼식은 무산되고 블라디미르는 전쟁에 나가 사망하고 몇 년 뒤 그 취객과 다시 만난 마리야는 그와 결혼한다. 이상하게 꼬인 해피엔딩인데 도대체 저자가 무슨 말을 하려는 것인지 모호하다. 한 가지 확실한 것은 열정적인 사랑, 야반도주 같은 소재는 더 이상 문학의 소재가 되기 어렵다는 푸시킨식의 결론이다. 마리야와 취객의 결혼이 비극인지 희극인지는 오로지 독자의 결정에 달린 문제가 된다.

「장의사」는 가장 먼저 집필된 작품으로 장의사 아드리안이 18년 동안 거주했던 장소를 떠나 새로운 공간으로 이주한다는 것은 18년 경력의 시인이 산문작가로 거듭나는 사건에 대한 문학적 묘사라 해석된다. 장의사가 삶과 죽음의 경계에서 관을 짜듯이 작가는 삶과 죽음의 경계에서 작품을 만들어낸다는 병행 해석도 가능하다. 그러나 가장 유표하게 드러나는 것은 역시 기존 문학에 대한 패러디이다. 이 단편은 괴기 문학, 고딕 소설, 공포 문학을 패러디한다. 장의사 아드리안은 이웃 파티에 갔다가 잔뜩 취해서 집으로 돌아온다. 바로 그날 밤 그가 장사지냈던 사람들이 몰려와 그의 집은 순식간에 망자들의 잔칫집으로 변한다. 아드리안은 너무도 무서워 기절한다. 그러나 깨어보니 이 모든 것이 꿈이었다. 독자는 장의사, 망자들의 연회, 사자의 부활 등등 초자연적인 괴기담을 기대하지만 사실상 이 모든 것은 꿈으로 일축되므로 독자에게 남는 것은 지극히 사실주의적인 일화뿐이다. 장의사의 대문 간판에 그려진 '횃불을 거꾸로 든 통통한 큐피드'는 저자의 장난기를 암시하는 표시라 할 수 있다.

「역참지기」 역시 비극을 암시하지만 전혀 비극으로 끝나지 않는다는 점에서 앞의 이야기들과 맥을 같이 한다. 늙은 역참지기가 딸과 함께 지내고 있는 역참에 민스키라는 이름의 기병 장교가 말을 갈아매러 들른다. 그는 역참지기의 딸 두냐를 데리고 사라진다. 역참지기는 딸을 되찾아 오려고 백방으로 노력하지만 결국 실패한 뒤 집으로 돌아와 얼마 후 사망한다. 역참지기의 딸은 아버지의 우려와는 반대로 어엿한 귀부인이 되어 아이들과 함께 아버지의 무덤을 찾는다. 「역참지기」는 귀족 청년과 가난한 처녀 간의 연애담을 뒤집는다. 가난한 처녀가 귀족의 유혹에 빠져 신세를 망치고 버림받는다는 흔해 빠진 이야기는 여기서 완전히 전복된다. 두냐는 유혹자 귀족과 결혼하고 아이까지 낳아 일가를 이룬다. 오히려 역참지기는 낡은 문학의 관습 안에서만 세계를 바라보므로 다른 가능성에 대해서는 상상하지 못한다. 어쩌면 역참지기의 죽음은 시대에 뒤떨어진 문학의 죽음을 암시하는지도 모른다.

「귀족 아가씨-시골 아가씨」는 셰익스피어적이면서 동시에 탈셰익스피어적이다. '러시아식' 지주 베레스토프와 '영국식' 지주 무롬스키는 견원지간이다. 어느 날 베레스토프의 아들 알렉세이가 고향에 돌아오자 무롬스키의 딸 리자는 호기심 때문에 농사꾼처녀로 변장을 하고는 알렉세이와 만난다. 알렉세이는 농사꾼처녀로 변장한 리자와 사랑에 빠지고 나중에 두 지주가 화해를 하자 알렉세이와 리자는 행복하게 백년가약을 맺는다. 이 단편에서는 분위기도 문체도 모두 너무나 동화적이어서 『로미오와 줄리엣』을 연상시키는 두 집안 간의 갈등은 아무런 기능도 하지 못한다. 독자를 사로잡는 것은 셰익스피어적인 비극이 아니라 셰익스피어적인 요소가 차례로 무너지고 잊혀지는 과정이다.

『벨킨 이야기』는 수없이 많은 서구와 러시아 문학의 주제와 소재와 플롯을 패러디의 대상으로 삼는다. 그러나 푸시킨은 패러디에 머물지 않고 패러디를 넘어서는 진지한 문학의 길로 독자를 초대한다. 그는 다른 작가의 문학을 철저하게 학습하고 수용하여 패러디하는 과정에서 자기만의 산문을 향해 나아간다. 이 점에서 『벨킨 이야기』의 출간은 푸시킨이 유명한 시인에서 모든 장르를 완전히 장악한 천재 작가로 솟아오르는 과정에서, 그리고 러시아 문학이 서구문학의 모방 단계에서 벗어나 새로운 러시아 문학의 시대가 도래했음을 알리는 이정표가 되었다고 할 수 있다. 아직 제대로 된 산문 작품이 없던 시절에 푸시킨은 패러디이자 동시에 패러디를 넘어서는 작품들을 완성했다. 그는 시대를 앞서갔으며 200년이 지난 오늘날에도 우리는 어느 것 하나 낡았다는 느낌도, 구태의연하다는 느낌도 없이 그의 작품을 읽고 있다.

작가 연보

알렉산드르 세르게예비치 푸시킨은 러시아 근대문학의 창시자로, 시, 소설, 희곡, 산문 등 다방면에서 혁신을 이루며 러시아 문학의 기틀을 세웠다. 그의 첫 산문 작품집 『고 이반 페트로비치 벨킨의 이야기 Povesti pokoynogo Ivana Petrovicha Belkina』는 1831년 봄, 익명으로 출간되어 러시아 산문 문학의 새로운 지평을 열었다. 아래 연보는 푸시킨의 생애와 『벨킨 이야기』의 창작 및 출판 과정을 중심으로 정리한 것이다.

1799년 6월 6일 (구력 5월 26일)   러시아 모스크바의 귀족 가문에서 출생. 아버지 세르게이 르보비치 푸시킨과 어머니 나데즈다 오시포브나 사이에서 태어남. 외증조부는 '표트르 대제의 흑인'이라 불리며 황제의 신임을 받았던 아프리카 태생의 아브람 페트로비치 한니발.

1811   차르스코예 셀로에 새로 개교한 황실 귀족학교 리체이 Tsarskoye Selo Lyceum에 입학.

1815   자작시 「차르스코예 셀로의 회상 Воспоминания в Царском Селе」을 리체이 진급시험에서 낭송. 대시인 데르자빈에게 깊은 인상을 남기며 문단의 주목을 받기 시작함.

1817년 6월 9일   리체이 졸업. 6월 13일 외무부 관리로 임명되어 상트페테르부르크에서 근무 시작. 문학 단체 〈아르자마스〉에 가입하고 진보적 문인들과 교류.

1820		서사시『루슬란과 류드밀라Руслан и Людмила』 발표로 큰 반향을 일으킴. 정부와 황실을 풍자한 시들로 인해 남부 지방으로 좌천성 전출(사실상 유배). 5월 초 예카테리노슬라프 도착, 이후 키시뇨프(1820), 오데사 (1823) 등지에서 거주.
1821년 2월 20일		서사시『카프카즈의 포로Кавказский пленник』 완성.
1822		서사시『강도 형제Братья разбойники』 완성.『카프카즈의 포로』 발표.
1823년 5월 9일		운문 소설『예브게니 오네긴Евгений Онегин』 집필 시작.
	11월 4일	서사시『바흐치사라이의 분수Бахчисарайский фонтан』 완성.
1824년 1월 말		서사시『집시Цыганы』 집필 시작.
	3월 10일	『바흐치사라이의 분수』 발표.
	8월 1일	오데사를 떠나 프스코프 현 미하일로프스코예로 이동, 8월 9일 도착. 이곳에서 2년간 사실상 유배 생활.
	10월	『집시』 완성.
1825		운문 드라마『보리스 고두노프Борис Годунов』와 희극『눌린 백작Граф Нулин』 집필. 다양한 서정시를 씀.
	12월 14일	상트페테르부르크에서 데카브리스트 봉기 발생.
1826년 8월		황제 니콜라이 1세에 의해 사면되어 모스크바로 복귀.
	9월 8일	황제와 독대.
1827년 3월		『집시』 발표. 소설『표트르 대제의 흑인Арап Петра Великого』 집필 시작 (미완성).
1828		서사시『폴타바Полтава』 완성.
1829년 5월 1일		나탈리야 곤차로바에게 청혼. 편지체 소설(미완성) 집필.
1830년 5월 6일		곤차로바와 약혼.
	8월 31일	모스크바를 떠나 니즈니노브고로드 현 볼지노로 출발. '볼지노의 가을'이라 불리는 이 시기에 창작이 절정에 이름.『벨킨 이야기』5편 창작.
1830년 9월 9일		「장의사Гробовщик」 완성.

9월 14일	「역참지기Станционный смотритель」완성
9월 20일	「귀족 아가씨-시골 아가씨Барышня-крестьянка」완성
10월 14일	「마지막 한 발Выстрел」완성
10월 20일	「눈보라Метель」완성
* 그 외 주요 집필작:	『예브게니 오네긴』최종장(제8장) 탈고, 『콜롬나의 작은 집Домик в Коломне』, 소(小)비극 4편 - 「모차르트와 살리에리Моцарт и Сальери」, 「석상 손님Каменный гость」, 「인색한 기사Скупой рыцарь」, 「역병 기간 중의 향연Пир во время чумы」 -, 『고류히노 마을의 역사История села Горюхина』등.

1831 『보리스 고두노프』출간.

    2월 18일 모스크바 볼샤야 니키츠카야 거리의 대승천 교회에서 나탈리야 곤차로바와 결혼. 『고 이반 페트로비치 벨킨의 이야기』 익명 출간.

1832 장편소설 『두브로프스키Дубровский』집필 시작. 첫딸 마리야(마샤) 출생.

1833 『스페이드의 여왕Пиковая дама』, 『대위의 딸Капитанская дочка』집필. 『두브로프스키』는 미완성 상태로 남음. 여름, 푸가초프 봉기 지역(오렌부르크, 카잔 등) 답사. 이후 볼지노에서 『푸가초프 반란의 역사История Пугачёва』 완성. 서사시 『청동 기마상Медный всадник』, 희곡 『안젤로Анджело』집필. 둘째 딸 알렉산드라(사샤) 출생.

1834 『스페이드의 여왕』완성. 동화시 『황금 수탉Золотой петушок』집필.

    12월 말 시종보에 임명됨.

1835 산문시 『이집트의 밤Египетские ночи』집필. 아들 그리고리(그리샤) 출생.

1836년 3월 문학 계간지 『현대인Современник』창간. 『대위의 딸』완성. 딸 나타샤 출생.

1837년 1월 10일 조르주 단테스, 나탈리야의 언니 예카테리나 곤차로바와 결혼.

    1월 26일 결혼 이후에도 단테스가 푸시킨의 아내에게 집요하게 접근하자 결투를 다시 신청.

1월 27일 오후 4시경 상트페테르부르크 외곽 블랙 강가Чёрная речка에서 결투. 복부에 총상을 입고 중태에 빠짐.

1월 29일 상트페테르부르크 모이카 거리 자택에서 사망. 향년 37세.

2월 6일 프스코프 근교 스뱌토고르스키 수도원Svyato-Uspensky Svyatogorsky Monastery 묘지에 안장.

벨킨 이야기　　　　　　　　클래식 라이브러리　021

1판 1쇄 인쇄　2025년 8월 22일	영업팀　정지은 한충희 남정한 장철용 강경남
1판 1쇄 발행　2025년 8월 29일	황성진 김도연 이민재
지은이　알렉산드르 푸시킨	제작팀　이영민 권경민
옮긴이　류순옥	편집　이영애
펴낸이　김영곤	디자인　임민지
펴낸곳　아르테	

출판등록　2000년 5월 6일 제406-2003-061호
주소　(우 10881) 경기도 파주시 회동길 201(문발동)
대표전화　031-955-2100
팩스　031-955-2151
ISBN　979-11-7357-473-3　04800
ISBN　978-89-509-7667-5 (세트)
아르테는 (주)북이십일의 문학·교양 브랜드입니다.
──　책값은 뒤표지에 있습니다.
──　이 책 내용의 일부 또는 전부를 재사용하려면 반드시
　　　(주)북이십일의 동의를 얻어야 합니다.
──　잘못 만든 책은 구입하신 서점에서 교환해 드립니다.

『슬픔이여 안녕』『평온한 삶』『자기만의 방』『워더링 하이츠』『변신』『1984』『인간 실격』『도리언 그레이의 초상』
『월든』『코·초상화』『수레바퀴 아래서』『데미안』『비곗덩어리』『사랑에 관하여』『허클베리 핀의 모험』『이방인』
『위대한 개츠비』『라쇼몬』『첫사랑, 짝사랑』『내 죽으며 누워 있을 때』
클래식 라이브러리 시리즈는 계속 출간됩니다.

클래식 클라우드
거장을 만나는 특별한 여행

우리 시대 대표 작가 100인이 내 인생의 거장을 찾아 떠난다
책에서 여행으로, 여행에서 책으로, 나의 깊이를 만드는 클래식 수업

001 셰익스피어
황광수 지음 | 값 24,000원

002 니체
이진우 지음 | 값 22,000원

003 클림트
전원경 지음 | 값 27,000원

004 페소아
김한민 지음 | 값 18,800원

005 푸치니
유윤종 지음 | 값 18,800원

006 헤밍웨이
백민석 지음 | 값 24,000원

007 모차르트
김성현 지음 | 값 18,800원

008 뭉크
유성혜 지음 | 값 18,800원

009 아리스토텔레스
조대호 지음 | 값 23,000원

010 가와바타 야스나리
허연 지음 | 값 23,000원

011 마키아벨리
김경희 지음 | 값 22,000원

012 피츠제럴드
최민석 지음 | 값 18,800원

013 레이먼드 카버
고영범 지음 | 값 18,800원

014 모네
허나영 지음 | 값 28,000원

015 에리히 프롬
옌스 푀르스터 지음, 장혜경 옮김 | 값 18,800원

016 카뮈
최수철 지음 | 값 18,800원

017 베토벤
최은규 지음 | 값 18,800원

018 백남준
남정호 지음 | 값 18,800원

019 단테
박상진 지음 | 값 18,800원

020 코넌 도일
이다혜 지음 | 값 18,800원

021 페르메이르
전원경 지음 | 값 18,800원

022 헤세
정여울 지음 | 값 21,000원

023 르코르뷔지에
신승철 지음 | 값 22,000원

024 드가
이연식 지음 | 값 18,800원

국내 최대 인문 기행 프로젝트 - 클래식 클라우드 시리즈

025 데이비드 흄
줄리언 바지니 지음, 오수원 옮김 | 값 18,800원

026 루터
이길용 지음 | 값 18,800원

027 차이콥스키
정준호 지음 | 값 18,800원

028 쇼팽
김주영 지음 | 값 19,800원

029 가르시아 마르케스
권리 지음 | 값 19,800원

030 반 고흐
유경희 지음 | 값 21,000원

031 말러
노승림 지음 | 값 23,000원

032 헨리 제임스
김사과 지음 | 값 21,000원

033 토마스 아퀴나스
박승찬 지음 | 값 24,000원

034 로버트 카파
김경훈 지음 | 값 28,000원

035 괴테
주일선 지음 | 값 28,000원

036 윤동주
김응교 지음 | 값 28,000원

* 클래식 클라우드 시리즈는 계속 출간됩니다 *

일상에 깊이를 더하는 클래식 클라우드 유튜브!
클래식한 삶을 위한 인문교양 채널-저자 인터뷰, 북트레일러-에서 영상으로 만나보세요.

클래식 클라우드-책보다 여행
누적 재생 수 1000만 회, 네이버 오디오클립, 팟빵에서 검색하세요.

채널로 만나는 클래식 클라우드 시리즈

+ 인스타그램 북이십일 | www.instagram.com/book_twentyone
+ 지인필 | www.instagram.com/jiinpill21
+ 아르테 | www.instagram.com/21_arte

홈페이지 | www.book21.com